王晋康少儿科

生命之歌

王晋康 著

科学普及出版社
·北京·

图书在版编目（CIP）数据

生命之歌 / 王晋康著；颜实主编 . —北京：科学普及出版社，2018.1

（王晋康少儿科幻系列）

ISBN 978-7-110-09704-5

Ⅰ.①生… Ⅱ.①王… ②颜… Ⅲ.①科学幻想小说－中国－当代 Ⅳ.① I247.5

中国版本图书馆 CIP 数据核字（2017）第 301161 号

策划编辑	王卫英　杨虚杰
责任编辑	王卫英　符晓静
装帧设计	中文天地
责任校对	焦　宁
责任印制	徐　飞

出　　版	科学普及出版社
发　　行	中国科学技术出版社发行部
地　　址	北京市海淀区中关村南大街16号
邮　　编	100081
发行电话	010-62173865
传　　真	010-62173081
网　　址	http://www.cspbooks.com.cn

开　　本	880mm×1230mm　1/32
字　　数	100千字
印　　张	6
版　　次	2018年1月第1版
印　　次	2018年1月第1次印刷
印　　刷	北京盛通印刷股份有限公司
书　　号	ISBN 978-7-110-09704-5 / I·517
定　　价	28.00元

（凡购买本社图书，如有缺页、倒页、脱页者，本社发行部负责调换）

目 录

楔子	/ 1
第1章　长不大的元元	/ 22
第2章　基因音乐	/ 36
第3章　怪老人	/ 41
第4章　上帝的秘密	/ 63
第5章　意外的成功	/ 78
第6章　象群的挽歌	/ 87
第7章　翁婿反目	/ 100
第8章　灵智苏醒	/ 113
第9章　生命的大剧	/ 123
第10章　灾难	/ 132
第11章　谋杀儿子	/ 143
第12章　爱与责任	/ 154

生命的定义

一、生命实际是一种时空中的构形而不是物质的实体，因为建造每一个生物体的砖石——原子——在该生物一生的新陈代谢中会多次更换。但尽管实体是流动的，其构建的生命却是延续的、特定的；

二、生命能自我复制，只有骡子、狮虎兽等少数特例除外；

三、生命体能够生长；

四、生命具有能自我描述的信息存储，这是它们能自我复制的基础；

五、生命体和外界有新陈代谢作用（病毒生命则是依靠宿主的新陈代谢，所以病毒只能算是一种半生命）；

六、生命对环境有官能性影响和调节作用，机体还能产生和控制它的内部小环境；

七、生命体各部互相依存；

八、生命体对外部环境的小干扰是稳定的；

九、生命必然有进化能力，不是指个体，而是就其种族而言具有进化能力。

楔 子

2037年秋天的一个早晨，北京大学燕南园的高级住宅区里仍像往常一样响起钢琴声，这是孔家的独生女儿小宪云在做早课。

她今天弹的是门德尔松的《〈仲夏夜之梦〉序曲》。宪云今年才5岁，但指法已经相当老练。她十指翻飞，这首悠远清灵的乐曲从指下淙淙流出，而她也仿佛跟随着琴声进入了虹彩般朦胧的夜景。她母亲在身后静静地听着。

一曲即毕，这位中央音乐学院的教授轻轻鼓掌："云儿，弹得真好，就到这儿结束吧。今天是你爸爸最重要的日子，我们也到实验室去观看。"

她把宪云抱下琴座，合上星海牌高级钢琴的琴盖，然后牵着小女儿，步行穿过北京大学校园的林荫小径。小宪云一边蹦蹦跳跳地走着，一边好奇地问："妈妈，爸爸是不是今天要把元元弟弟生下来？"

"对。"

"爸爸也能生孩子吗？元元也在他肚子里吗？"

妈妈笑了："云儿，长大你就会明白的。"

随后她不再说话。小宪云偷偷地仰起头看妈妈，她觉得妈妈今天的神情很特别，庄重，兴奋，也有些紧张。当然这些微妙之处是她成年后才感悟到的，但这一天的所有场景都极其鲜明地烙印在她5岁的记忆中。

北大生命科学院实验大厅坐落在一座千年古塔旁边，是一座现代化风格的仿生建筑。龟壳形大屋顶很轻薄，透光度可以随阳光强度自动调节。四周是12根洁白如象牙的柱子——实际上它们就是象牙，是用象牙生长基因制造的仿生物材料。墙壁上的珍珠质涂料在清晨的阳光下变换着绚丽的色彩。

大厅里挤满了来宾。他们轻声交谈着，怀着近乎虔诚的心情注视着前边的蛋壳形实验室。玻璃墙里面，穿着白衣的工作人员在做最后的准备工作，中心人物是一位35岁左右的男士，他身材瘦长但肌肉强健，动作敏捷。此时他正在有条不紊地下达着命令，表情冷静如石像，只有目光深处才透露出一丝亢奋。

楔子

　　小宪云一眼就看见了他："爸爸！"她高兴地喊。妈妈赶紧捂住她的嘴，把她拉到一个角落里。但大厅里不少人还是听到了这声清脆的童音，有几个人轻轻走过来同宪云妈妈握手。他们悄声说：

　　"祝贺你，孔夫人。"

　　"向你祝贺，卓青玉女士。"

　　小宪云认出了几个相熟的伯伯和爷爷，有科技日报社的章飙爷爷、中央电视台的罗汉诚伯伯、人民日报社的刘骞伯伯。刘伯伯把她抱起来，轻轻拍拍她的小脸蛋说：

　　"小云儿，知道吗？今天全世界都在看着你爸爸呢。"

　　小宪云看见人群中有不少金发碧眼的白人和黑头发厚嘴唇的黑人，他们早把摄影镜头对准了蛋形实验室。她也像大人那样压低声音问：

　　"刘伯伯，为什么这么多人来看小元元出生？他很重要吗？"

　　刘伯伯亲亲她，笑着说："当然！太重要了！也许世界上只有一件事能与它相比，那就是上帝造人。你知道上帝造人的故事吗？"

　　"我知道，我还知道女娲造人的故事。不过这些都是神话，我知道人是猴子变的。"

　　刘伯伯轻声笑起来，忽然用手指放在唇边嘘了一声。大

3

厅里突然安静下来，静得能听见摄影机轻微的嘶嘶声。衣冠楚楚的生命科学院院长田力文教授踏上讲台，努力抑制住自己的激动，宣布道：

"各位来宾，一项跨世纪工程的成果马上就要揭晓了。"他的声音微微颤动，透露出内心的亢奋，"这项工程我们命名为女娲工程，因为在中国神话中，是女娲而不是耶和华创造了人。当然，无论是女娲还是耶和华，都是人类蒙昧时期产生的肤浅的童话，那时人类还不了解生命的诞生和进化是何等艰难的跋涉。45亿年前，太阳紫外线、宇宙空间辐射和地球上雷电的共同作用，在地球原始大气和原始海洋中制造出了核酸和蛋白质等高分子物质，并在第一次自我复制中开始了生命的历程。今天，又一种全新的智能生命即将诞生，人类自此将代替创造万物的上帝。现在，请智能生命之父孔昭仁教授为大家讲话。"

刘伯伯抱着宪云挤到前边。她看见蛋形透明罩内的爸爸向助手下了最后一道命令，然后接过秘书手里的讲稿走到麦克风前，隔着玻璃与大家相视。妈妈也从后面挤过来，轻轻攥住宪云的一只小手。

孔昭仁教授瞄一眼讲稿，微微一笑，又把它放到口袋里。他面庞清癯，目光锐利，鼻梁和下巴处的线条像花岗岩雕像一样刚劲。他从容地侃侃而谈：

"谢谢大家的光临！我想，今天应该是一个里程碑，我们将代替上帝完成生命形态的伟大转换。"他的平静中带着骄傲，"我们是踩着无数先辈的肩膀才到达这一高度的，在这里我想历数一百年来生物学界的几项重大进步，并向这些先辈们表示我的谢意。"

他看见了人群中的女儿，对女儿微微一笑，然后扳着指头数道：

"1924年，苏联科学家奥巴林提出了生命起源假说。1952年，美国科学家米勒——那时他还是一个学生——用电火花和紫外线作用于模拟原始大气的混合气体，得到了构成蛋白质的各种氨基酸，即生命的砖石。稍后，美国科学家福克斯制造出一种类蛋白微球体，它们有类似运动、生长、繁殖和新陈代谢的生命特征。1965年，中国科学家合成了真正的蛋白质结晶牛胰岛素。2013年，我的前辈、原生命科学院院长陈若愚先生，根据已故生物学家贝时璋先生的细胞重建理论，用非生命物质'组装'成一种能自主分裂的细胞，这是第一个人工制造的单细胞生命。同年，在全世界科学家通力合作十余年之后，终于破译了人类的十万个基因密码。20年后，即2033年，日本科学家利用已知的人类基因——不包括成脑基因——培育出了第一个无脑人体，如今它已广泛用作生物机器人的身体，包括今天小元元的身体。"

在列举这些枯燥的数字和事实时，孔昭仁心中的激情之火逐渐高涨，两眼炯炯发光。他平息了一下情绪，继续说道：

"至于智能人的大脑，则完全是走另外一条道路。大家知道，人脑是45亿年生命进化的顶峰，是宇宙的精华。但严格说来，人脑是生命进化历程中各个时代留下的堆积物，不可避免地掺杂着不少冗赘结构，像爬行动物的旧脑皮之类；也受到种种限制，比如神经元中脉冲传导速度最大不超过每秒10米。在进入智力及脑科学的自由王国后，我们没必要再简单地模仿了。简而言之，就今天即将诞生的小元元来说，他的大脑是第10代生物元件电脑，其脑容量和计算速度已远远超过人脑了。"

小宪云好奇地向四周打量。她听不懂这些高深的话，但这些场景深深刻印在她的脑海中，包括现场那种十分特别的气氛：肃穆、庄严、苍凉凝重中透着点神秘。

美联社记者海丝·波尔第一个站起身来提问，她是一位漂亮姑娘，金发，尖尖的鼻子，蓝眼珠十分明亮。她说："孔先生，听说你创造的第一个新型生命、第一个智能人的外形是一个小男孩，他有一个中国式的名字叫孔宪元，对吗？请你介绍一下他的情况。"

孔教授微笑着说：

"小元元是一个学习型机器人，他具有强大的本底智力，但不用输入任何程序。他也像人类婴儿一样头脑空白着来到这个世界,从牙牙学语、蹒跚学步开始,逐步感知世界,建立自己的心智系统。我们想以这种从零开始的学习过程来判断它是否有建树自我的能力。只有在他冲出混沌、建树自我后,才能说他确实是一个新的智慧生命。我们也想以此判定智能机器人和人类'父母'之间能建立什么样的感情纽带。小元元将在我家生活,我想我们能彼此相爱,包括我妻子、我母亲和我女儿。云儿,你会爱这个小弟弟吗?"

他笑着问窗外的小宪云。小宪云咯咯笑道:"当然!"她的笑声使会场过于严肃的气氛活跃起来。

海丝小姐笑着问:"作为一个女人,我想问几个母亲们会感兴趣的琐碎问题。小元元会吃饭吗?会长高吗?他是不是像阿童木那样神力无敌?"

"小元元体内使用永久性能源。当然,他也有吃饭功能,不过这只是为了他能更好地融入人类社会。他会长高。为了加快试验进度,在他出生时,我们用快速生长法已经赋予了他两岁的身体。至于他的体能,肯定将远远超过普通人——既然我们掌握了基因的秘密,我们为什么不使他各方面都尽善尽美呢?当然,他不会有阿童木那样的无敌神力,那是童话而不是科学。"

第二个提问的也是一位女士,印度的莎迪夫人:"孔先生，你说到感情纽带，你坚信这种新型生命会具有人类之爱吗？"

孔教授平静地说："感情是比智力更为复杂的一种物质运动，人类对它的了解还远远不够。但是，我想我一定会爱他——要知道，创造小元元比怀胎十月更为困难，我有什么理由不爱他呢！"

记者们都笑起来，宪云妈也笑了。田院长说："时间马上到了，最后请德高望重的前辈、原生命科学院院长陈若愚先生讲几句话。"

顺着他的手势，记者们这才注意到一个白发白须的老人。他早已进门，悄悄站在人群背后。几个熟识的记者赶忙过去搀扶他，但老人摆摆手，步履健朗地走过来，接过麦克风：

"向孔先生祝贺。"78岁的老人宽厚慈爱地说，"今天无疑是一个新世纪的开端。正如田先生所言，地球上生命的进化过程是何等艰难的跋涉，多少物种都在进化过程中悲壮地失败了、消亡了，人类是存留下来并吃到智慧果的唯一幸运者。可是现在呢，我们能在一夜之间造就一种新的生命，并赋予它比人类更强大的智力，我简直有点嫉妒了。"

一个满脸胡子的土耳其记者敏锐地说："我想陈先生是委婉地表达了对小元元的戒心。"

陈先生未置可否，继续说下去。他的语调透出一抹苍凉：

楔子

"但愿这只是一个老人的多虑。大家知道,人类对电脑的依赖早就无可逆转。不过可以自慰的是,从本质上讲,电脑只是一种智能机器,它们只能被动地从属于人类社会。但建树了自我的智能机器人会不会具有人类的生存欲望?他们会不会主动参与和变革这个世界?对这个新的世界,人类是否还能控制?让我们拭目以待。"

陈先生的话使大厅内已经活跃的空气又变得黏滞沉重,记者的提问因此迟滞了片刻。这时正好时间到了,蛋形密封舱内的沃尔夫电脑开始倒计时,清晰的金属声音在大厅中回荡:

"……7、6、5、4、3、2、1,开始。"

舱内角落的一道密封门缓缓打开。一个小水晶匣子被推出来,顿时它四周白雾弥漫,那是负200摄氏度的低温造成的。在电脑控制下,水晶匣子内部开始迅速而均匀地加热。两岁的元元安静地甜睡着。他全身赤裸,大脑袋,额角较高,闭着的眼帘很长,睫毛上挂着白色霜粒,抿着嘴,双手交叉在胸前。看着这个惹人怜爱的小孩儿赤身睡在冰霜之中,人们不由地觉得十分心疼,似乎自己身上也有了寒意。

电脑在监控着元元的脑电波。先是一片混沌,然后一个鲜亮的绿色光点倏然出现,在黑色屏幕上跳荡着。跳荡的振幅逐渐衰减,在行将消失时又突然跳荡几下,慢慢消失。然

后又是一个光点、几个光点、几千几万个光点，光点很快密集起来，变成闪烁跳荡的七彩光束，又联结成整体的光网。小元元的灵智终于冲出深重无际的混沌。他的眼睛慢慢睁开，向这个世界投去了茫然的第一瞥。壁挂屏幕上立即显示了他的视野，在这个初生婴儿的视野里，先是扭曲流动的人形画面，然后逐渐定型为清晰的倒立人像，那是孔教授和助手们正目不转睛地俯身盯着他。

万籁俱静，忽然响起一声带有金属亮声的儿啼。它是那样的震撼人心，大厅里几乎所有人都热泪盈眶。小宪云趁刘伯伯全神贯注于小元元，从他身上挣脱下来，扑到玻璃墙上快活地喊：

"弟弟，小元元！"

小元元随即被送到孔家。此后，他将远远避开记者和摄影镜头，像一个普通男孩儿那样生活。

宪云和妈妈欢天喜地地接纳了元元。只有宪云奶奶表现冷淡。她今年70岁，身板很硬朗，耳不聋眼不花。孔家没有一个男孩儿始终是她最大的心病。那边客厅里母女两个在轮流亲元元，喊：

"妈妈！奶奶！快来看元元呀！"

老人不满地嘟囔着："哼，真胡闹，自己不生儿子，抱回来个机器人崽子充数,他能接孔家香火吗?"她沉着脸走进客厅,一眼看见一个憨头憨脑的光屁股小子,小鸡鸡撅着,两只眼珠乌溜溜地瞪着她。她疑惑地抱过来,拍拍他的屁股蛋,觉得颤悠悠的震手。老人十分惊疑,在她的思维中,机器人应该是庭院里除草机器人那种硬邦邦的家伙。

"这就是那个机器人崽子?"

宪云妈开心地笑着:"没错!"

"两岁了?"

"嗯,两岁了。他可以说昨天刚生下来,但他的身体已经两岁了。"

"他会说话吗?"

"还不会,他还没有学过说话。不过,他的大脑已经发育完全了,学话应该很快的。元元,叫奶奶,奶——奶——"

元元憨笑着,吃力地搬动着嘴巴和舌头,终于迸出两个字:

"奶——奶。"

奶奶大喜若狂,一下把他搂到怀里:"哎!真是个聪明孩子!我的小心肝儿!"孔教授刚好进门,她对儿子急急地夸赞,"你听元元会喊奶奶了,他第一个会喊的就是奶奶!"元元爸也高兴地笑了。

午饭时,奶奶把元元抱在怀里,一边耐心地喂饭,一边坚决地说："昭仁、青玉，不许再提请保姆的事儿，元元交给我了。"

元元爸没打算定购机器人保姆，他想让元元在"真正"的人类环境中长大，但他也没打算让老娘带元元。他皱着眉头说："妈，你已经70岁了。"

"70岁怕什么？我的身体结实着哩。有了这个小人精搅着，说不定我能多活20年。不要说了，就这样定了。小元元，你愿意跟着奶奶吗？"

小元元努力吞咽着面包，口齿不清地说：

"愿——意。"

小宪云也急不可耐地说："奶奶，我也帮你带元元，我从幼儿园回来就帮你带元元，好吗？"

"好，就这样定了！"奶奶说。元元爸只好同意。

第五天，她们抱上元元来到楼前公共草坪。绿色的草坪平坦松软，秋风轻拂，一片片落叶打着旋儿下来。小元元好奇地不错眼珠地盯着落叶，直到它落在地上。奶奶担心地嘟囔着：

"元元学走路太早了吧，他才生下来5天哪。"

元元妈笑着说："放心吧，妈，他的身体已经相当于两岁了，小胳膊小腿蛮硬朗的。让他试试。"

她把元元放在草地上，宪云在他前边拍手召唤：

13

"元元，快过来呀，快过来呀。"

乍一脱离大人的怀抱，元元很不习惯。他胆怯地扬着双手，摇摇晃晃地站着。他的小脑瓜迅速收集了数以万计的环境参数，分析着、综合着，小脑运动中枢向左腿肌肉送去了第一个指令脉冲，然后左脚稍稍抬离地面。他的身子马上趔趄一下，奶奶和妈妈都不约而同地伸出双手。

但他的小脑已迅速做出反应，调整了重心，建立了新的动态平衡。他终于抬起左脚，犹犹豫豫地往前伸。他踏下去，站稳了。三个人都欣喜地喊着：

"元元会走了！"

智能生物机器人小元元就这样迈出了他人生的第一步。在三个人的夹道呵护下，他开始摇摇晃晃地往前走，松软的草地亲吻着他的光脚掌。三个人陶醉在胜利的喜悦中，没有注意这个小东西越走越快，转眼间便飞奔起来。三个人惊叫着开始围追堵截，而元元却咯咯笑着东奔西跑。等到元元爸闻讯赶来时，元元已冲出重围，闯入住宅前的汽车干道。几辆汽车吱吱嘎嘎地刹住车，只有最近的一辆在刺耳的刹车声中仍滑向元元。元元妈和奶奶同时惨叫一声。

在那一瞬间，孔昭仁也绝望地闭上眼睛。他想不到自己千辛万苦创造的第一个智能人会死于一场普通车祸。元元死前的笑声仍在耳边长久地回荡。终于他意识到这不是幻听，

楔子

睁开眼，他看见元元撅着屁股用力推着汽车，汽车的两个前轮已经离地。小元元累得满脸通红，仍在咯咯地傻笑着。几个面色惨白的司机目瞪口呆地看着这一幕。

孔昭仁揩了一把冷汗，走过去抱起元元，又向司机们笑着挥挥手。几个司机满脑门问号地开车走了。他把元元交给妻子和随后赶来的女儿。她们还没有从震惊中恢复过来，元元奶奶一下子瘫在地上，泪水刷刷地流下来。元元还不知道什么是哭泣，但奶奶的表情让他害怕和难过。他乖巧地趴到奶奶怀里：

"奶奶，不哭。"

奶奶把他紧紧搂在怀里，喊着"元元，元元"，两行老泪不停地流淌着。

小元元很快成了全家尤其是宪云姐姐的生活重心。也许是天生的母性，5岁的宪云已经像一只小母鸡，时时把元元掩在羽翼下。她会把最好吃的糖果、最好玩儿的玩具全部慷慨地送给元元。

元元没有睡觉机能，他的大脑永远不会疲劳，所以每到晚上，家人互道晚安后，小元元就乖乖地睡到床上，举起左臂，让姐姐摁一下能源开关。然后，他的面部表情慢慢冻结，就像是湖面上逐渐消失的涟漪。清晨，小宪云刚被唤醒，就

15

急急跳下床：

"奶奶，让我去喊元元！"

她爬到元元床上，努力掀开他的左臂，摁一下睡眠开关。元元慢慢睁开眼，木然的面部逐渐泛出灵光。等到这灵光延及整个脸庞时，他立时变得生气勃勃，动作敏捷地跳下床。宪云说：

"元元，快去看白雪，妈妈说，昨晚白雪生了四个小猫崽！"

两人急不可耐地跑到储藏室。白雪卧在一个藤编的窝里，身下是松软的丝绵，那是姐弟俩人为它铺就的。四个小小的肉团团在它身下蠕动着，哼唧着。元元性急地伸手进去：

"是白的吗？我看看。"

但平素十分依恋小主人的白雪今天却十分凶暴，它恶狠狠地咆哮着，伸出前爪在空中虚抓一下。锐利的爪尖擦着元元的胳臂，划出一道血痕。宪云吓哭了，她赶紧拉上弟弟退出储藏室。元元也不甘落后地大哭起来。

但元元随即发现姐姐的眼睛中有一滴滴的水珠溢出来，就像那天奶奶一样。这可是新鲜事，他自己的眼睛中从来不会这样滴水。他忘了哭泣，用小手接着姐姐的泪珠，好奇地问：

"姐姐，这是什么？"

正在哭泣的小姐姐一下被逗笑了："这是眼泪！小傻瓜！"

"眼泪？姐姐，为什么我不会流泪？"

"为什么？"宪云思考着该怎样回答。爸爸一再交代，不要让元元知道自己是机器人，那样他生活在人类家庭中会不自在的，懂事的宪云一直记着爸爸的话。她忽然灵机一动：

"你是在假哭！对，你一定是在假哭！"

元元难为情地承认了，但他认真地反驳："不，有一天我真哭来着，还是不会流泪。奶奶！"他大声喊道："奶奶，为什么姐姐会流泪，我不会？"

正在厨房里洗菜的奶奶笑着低声咕哝："你个机器人小崽子，样样都要学姐姐的样儿。"她用围裙揩揩手，走出来一本正经地说："你是男子汉呀，男子汉不流泪。"

元元似懂非懂地说："噢，我是男子汉，男子汉不流泪。"

从宪云3岁时，父亲就教她下围棋、中国象棋和国际象棋。现在她把这些东西一股脑儿倒给元元。但她不久就发现，元元似乎是个天生的棋手，他很快超过姐姐，不久连爸爸也不是对手了。

爸爸不在家时，元元就会缠着姐姐："姐姐，再跟我下一盘吧。只下两盘，行吗？要不，我让你赢一盘，行吗？"

拗不过弟弟的死缠硬磨，她只好摆好棋子。但元元随即就忘了"让你赢一盘"的诺言，很快把姐姐杀得落花流水，还不耐烦地喊着：

"快走！姐姐快走！我等你老半天啦！"

气不过的小宪云偷偷把手伸到他的左臂窝里，摁一下睡眠开关，元元立即木然不动。她忍住笑从元元棋盘里拿走一只车，再摁一下睡眠开关，元元的眼睛立即骨碌碌转动起来。多少年后，宪云才感悟到生命力是何等奇妙的神物，它能在元元木然僵硬的面部上一下子注满灵性，使这个小机器人鲜活灵动，惹人怜爱。

元元眼光一扫，立即大叫起来："我的车呢？你又偷了我的车！"

宪云大笑着拂乱棋子，跑开了。元元在后边不依不饶地追着喊："不行！你赖皮！奶奶，姐姐耍赖皮！"

爸爸正好走过来，宪云笑着扎进爸爸怀里。爸爸抱起她，宪云伏在他耳边小声说："爸爸，你也给我安一个最聪明的机器脑袋吧，行不行？爸爸，给我换一个吧。"

爸爸低声嘘了一声："嘘，不要让弟弟听见。不要让他知道自己是机器人，等他长大再告诉他。知道吗？"

"我知道！我早就知道了！"

元元5岁时奶奶去世了，她在去世前已经发现，长大了的元元不再"黏"奶奶和姐姐。他更爱和邻居家的小男孩儿

玩耍，他强大的体力常常带来一些不大不小的麻烦。但更多的时候，他迷恋着电脑，近乎疯狂地迷恋着。

他迷恋电脑，不是迷上了电脑游戏或类似的玩意儿，而是干脆和电脑成了哥们儿。他常常一连几个小时坐在实验室的主电脑前，认真投入地和"沃尔夫哥哥"用键盘谈话。后来，每当元元走近，沃尔夫电脑就自动打开屏幕，一个电脑合成的面孔就出现在屏幕上。那个面孔上充溢着拳拳爱意。元元已不再使用键盘来会话，似乎两人的目光已经相通。

元元奶奶弥留时，家人都来同她告别。宪云哭得双眼痛红，小元元仍不会流泪，但强烈的痛苦写在他脸上。姐弟俩悲声喊道：

"奶奶你不要走，奶奶你醒醒吧！"

妈妈忍住悲声拉着两个孩子出去。奶奶突然缓缓睁开眼睛，声音微弱地说："昭仁，你过来。"

孔昭仁向妈妈俯下身去，忍着悲痛问道："妈，你还有什么交代吗？"垂死老人的目光这会儿十分清醒，思维也异常地明晰。她断断续续地说：

"昭仁，你知道吗？元元是另一个世界的，他早晚要离开我们的。"

儿子沉默片刻才回答："妈，我知道。"

"孩子，元元真要离开时，你就放他走吧。"

儿子沉默片刻后回答:"好的。妈,我一定按你的话去做。"

老人安然地闭上眼睛。她没有料到元元的悲剧也随之而来。两个月后的一次检查表明,元元的身体突然停止发育了。此后长达 37 年的时间里,他一直保持着 5 岁的身高,心智成长也从此停滞。这个变故的直接后果是元元爸性格的变态,那个快活的、慈祥的爸爸从此消失了。一直到很多年后,孔宪云还在心中苦声追问,这一切为什么会突然降临到她的家里。

第1章

长不大的元元

宪云在卧室里收拾自己的行装。她已经45岁了,是一位干练的职业女性。她的身材依然保持着年轻时的曲线,穿着很随意,一身细帆布猎装,旅游鞋,长发松松地挽在脑后。这些简单的衣装打扮也掩盖不了她的高贵气质,不过美貌中已带着岁月的沧桑。

她的床上放着一个中号PVC旅行箱,衣物差不多已经装齐。她抬眼扫视屋内,淡青色的墙壁上挂着她和丈夫朴重哲的合影,还有一张是她幼年时的全家福,有奶奶、爸妈、她和小元元,照片里溢散着浓浓的温馨和喜悦。她取下来,仔细端详着,轻叹一声。

第1章 长不大的元元

妈妈托着一件洗衣店才送来的衣服走进来,含笑打量着女儿。女儿眼角已刻上了细细的网纹,那是非洲荒原上二十几年风霜留下的痕迹。妈妈问:"明天的飞机?"宪云点点头。妈妈忍不住又劝道,"云儿,你已经不年轻了,还要在非洲跑到什么时候啊?"

"托马斯教授58岁了还在跑呢。"

妈妈叹口气,不再劝了。"好吧,你要小心。拍摄野生动物又苦又危险,每一次你出门,妈的心都一直悬着,一直悬到你回来。"

宪云笑着搂着妈妈的肩膀:"我的老妈,你就放心吧,你心目中那个长不大的女儿已经是此道老手了。你不要忘记肯尼亚也是在21世纪,除了自然保护区以外,那儿的生活条件并不比北京逊色。再说,对于速度4马赫的波音797来说,内罗毕到北京也就是四五个小时的路程。别担心啦!"

妈妈出去了,开始准备今天的饭菜。宪云想,当妈妈穿上围裙操持家务时,谁也认不出她就是国际驰名的作曲家卓青玉教授。作为一个生物学家的妻子,她的很多灵感都是萌发于大千世界形形色色的生命。她的《恐龙交响曲》在世界上颇负盛名,从乐曲中可以听出霸王龙的凶暴和不可一世、角龙的温顺和笨拙可爱,但无论凶暴还是温和,它们都具有生机勃勃的强劲生命。乐曲旋律由开始的昂扬强劲转为悲凉

23

宿命，称雄地球的恐龙家族在不可抗拒的灾祸中逐渐衰亡，地狱使者的号角在乐曲中时隐时现。乐曲结尾，可以听见世界上最后一只恐龙在悲鸣着，似乎是在悲愤地诘问苍天厚土，质问那无常的命运。

一次，母亲在弹奏她的另一首作品《母爱与死亡》，忽然发现7岁的宪云泪水盈眶。她问女儿听出了什么？宪云哽咽着说，听着这首琴曲，她不由得想起爸爸讲过的许多生物习性：在严酷的非洲旱季，母狮子冒死同偷吃幼狮的雄狮拼命；雌章鱼在产卵后便不吃不喝，耐心细致地用腕足翻动卵粒，以保障卵粒能得到足够的氧气，小章鱼出生前，章鱼母亲便力竭而死……

母亲激动地搂紧小宪云，泪水滚滚而下。从此，她一心一意培养女儿的音乐才能。可惜，她没有成功。宪云从15岁起就坚定地选择了研究野生动物的志愿。她觉得在自己身心深处，在她的基因密码中，刻印着人类祖先遗留下来的野性，所以渴望能直接面对蛮荒的自然界。

母亲很失望，但没有勉强女儿。这使宪云常常觉得心中有愧。

宪云走到客厅，打开电脑屏幕的开关。这儿是生命科学院沃尔夫主电脑的一个终端，屏幕上立即闪出沃尔夫的电脑合成面孔。它文雅得体地微笑着，用悦耳的男中音说：

第 1 章 长不大的元元

"夫人,沃尔夫电脑听候你的吩咐。"

沃尔夫电脑在 30 年前是世界上第一流的电脑,有视听说功能,它的合成面孔是电脑"人格"的象征。它也有简单的感情功能,尤其是当小元元和它对话时,它会调动面孔上的线条,组合成一个最灿烂的笑容。宪云微笑着吩咐:

"沃尔夫,请提醒我丈夫,今天是元元的生日。我们约好出去玩的,请他不要忘记。"

沃尔夫微笑着回答:"是,夫人。也请你向元元转告,他的朋友沃尔夫祝他生日快乐。"

宪云嫣然一笑:"谢谢,沃尔夫。"

"也祝你明天旅途顺利,夫人。"

"谢谢。"

妈妈已穿上外衣准备出门了,她匆匆交代着:

"我要去学校了,10 点有我的课。你们晚上 7 点前尽量赶回来,生日蛋糕已经预定,等一会儿沃尔夫会通知连锁店送来预定的菜肴。你爸爸呢?"

宪云向书房瞥一眼,苦笑道:"又在书房生闷气呢。每次只要我说带元元出门玩,他都是这样。"

妈妈也唯有苦笑:"这个怪老头。"

宪云激动地说:"我真不理解,37 年来,爸爸为什么这样对元元……抱有敌意。他从不让元元离开自己的视线，可是在家里又从不正眼看他！你记得吗？元元5岁前爸爸是多么爱他！甚至连我都嫉妒过，觉得爸爸偏心。现在他这样子，到底是为什么啊？"

妈妈沉重地看着宪云。这也正是她37年来百思不解的问题。那个才华横溢、豁达开朗的孔昭仁到哪儿去了？如今他活得像个黑色幽灵，折磨着自己，也折磨着家人。这些苦涩她一向深藏心底，从不告诉他人。她沉重地说：

"云儿，你要理解父亲。他年轻时才华横溢，是生物学界的领袖人物，元元身上倾注了他的全部心血。但元元5岁时心智发展突然停止，连身体也停止生长。这次失败完全把你父亲压垮，他的性格已严重扭曲了。云儿，直到现在我还认为你爸爸是个天才，但并不是每个天才都能成功，你爸爸陷入了DNA的泥沼——据他说，他要在DNA密码中寻找生命的灵魂——耗尽了才气。"母亲悲凉地说，"其实，最可悲的不是他的失败，而是他承认了失败，早在30年前他就彻底放弃了努力。你爸爸的心灵已被黑暗淹没，没有一丝希望的亮光，这些年他是怎样熬过来的呀？"

宪云和妈妈相对无言。这些情况宪云早已有所了解，但从母亲嘴里听到还是第一次。她很同情爸爸，也很同情母亲。她苦笑道：

第 1 章 长不大的元元

"妈,并不是我不理解父亲。我也不愿违逆他的意愿,可是,37年来元元一直生活在他的阴影里,实在太可怜了。我又经常在外,只有趁回家这几天尽量带元元散散心。"

妈妈说:"好了,不说这些了,你尽管带元元出去玩吧,怪老头那儿由我对付。我走了。"

主电脑室里,沃尔夫的电脑合成面孔出现在屏幕上:"朴先生,夫人请你注意今天的日程安排,她和元元在等你。"

朴重哲和助手们刚完成了计算前的准备工作,他点点头:"好,我马上就去,谢谢。"

沃尔夫略微犹豫了一下。在这个片刻,它一定检索筛选了几千万条感情规则,然后它说:

"朴先生,但愿这次计算能得出确定的结果。"它歉然地说:"很抱歉,我的能力有限,不能为你做更多的事情。"

朴重哲慈爱地说:"不,你做得很好,责任在我们。"

沃尔夫电脑已经在生命科学院工作了40年,由于多次扩充和更新,它已拥有每秒千万亿次的运算能力。它可以轻松自如地对付任何人类的密码——它甚至不需分析,只用对密码进行蛮力攻击,在短时间内就能试完所有的可能性。但对于破译"生命灵魂"来说,世界上任何一种计算机也无能为力。这是上帝看守得最牢固的秘密。

27

所以朴重哲只好采取原始方式：先由他和助手们按直觉的指引挑选一个可能正确的方向，再为沃尔夫搭出一个计算框架，然后把希望交给命运女神。即使这样，沃尔夫每次也要花费100多个小时来进行紧张的计算。20多年来，他们已经失败139次了。

朴重哲笑着对助手们说："你们把扫尾工作做完就休息吧。养精蓄锐，准备应付明天的计算。"

谢尔盖教授和田岛博士都笑着点头。他们闭口不谈对成功的预测，这是他们心照不宣的一个约定。因为所有人都知道，成功的可能性实在太小了，他们几乎注定要做失败的英雄。朴重哲说："宪云明天去非洲，我今天陪她和元元逛逛。打算先去北京体育馆看电脑人脑象棋比赛，再乘直升机去青岛看大海。"

谢尔盖教授也是一个国际象棋迷，他得意地说：

"是库巴金与Deep电脑的大赛吧。他是俄罗斯的民族英雄，17岁战胜上届棋王卡谢帕罗夫，已经称雄棋坛20年了。现今世界上唯有他还能同电脑一决高下。"

田岛说："不过，最近两届大赛都是Deep电脑获胜。"

朴重哲点点头："对。Deep系列电脑（深蓝、更深的蓝、深思等）与人脑的比赛是从上个世纪末开始的，由许海峰等人组成的科学家小组为电脑编制软件。上届棋王卡谢帕罗夫曾多次战胜电脑，但在他的晚年已经是输多赢少了。电脑的棋艺飞速发展，本届棋王库巴金也开始难以招架。对了，谢尔盖教授，我知道你的国际象棋棋艺很高，你同我家的元元下过棋吗？我在他跟前毫无招架之力。"

谢尔盖笑着："只下过一次。他的棋艺太厉害了！依我看，库巴金也不一定是他的对手！"

朴重哲笑道："可惜元元不能代替人类参战。"

从生命科学院到燕南园，朴重哲一向步行。他穿过林木葱茏的小径，对面过来的大学生们向他点头问好。他们朝气蓬勃，女生大都已穿上色彩鲜丽的短裙。朴重哲恍然悟到，现在已经是初夏了。

自从 20 年前投身于这项研究，每天埋头工作，他似乎已丧失了四季的概念。但他的努力没有得到回报，胜利一直遥不可及。有时候，绝望的心情就像霉菌一样，悄悄从阴暗的角落里滋生。他总是努力铲除这些霉菌，至少在同事和家人面前从不暴露自己的软弱。

宪云在门口等他，他拥抱了妻子，在她额前轻轻吻了一下："出发吧，元元呢？"

"他在电子游戏室，我现在就去叫他。"

"走吧，我也去。"

他们很远就听见了电子游戏室内的欢笑声和叫喊声。推开门，4个小孩正在玩仿真游戏。他们坐在操纵椅上，带着目镜和棘刺手套。当他们通过棘刺手套操纵飞行时，棘刺传感器会把有关信息输入到电脑中，目镜中就会出现逼真的太空作战场面。这会儿小元元扮演地球人，小刚和小林扮演外星机器人。4岁的女孩小英坐在元元背后，她突然尖声叫道：

"后边！元元，后边！"

小刚的飞船企图从后边偷袭，他的瞄准光环已经快套上元元了，元元手疾眼快，一拉机头，飞船跃上浩瀚深邃的太空，然后像流星一样俯冲下来，光环迅速套上了小刚的飞船。几道激光闪过，小刚的飞船被炸裂，他惨叫着跌入太空深处。

现实环境中，小刚不情愿地从操纵椅上站起来，退出比赛。

小林的飞船不久也被击沉了，小英高兴地喊："元元你真行！地球人又胜利了！"那位太空小骑士咯咯地笑着，小脸庞放射着光辉，在操纵椅上顾盼自如。

宪云和丈夫相视而笑。他们婚后一直未生育，所以从感情上说，长不大的元元弟弟更像他们的儿子。他们十分喜爱小元元，喜爱他的宅心仁厚，喜欢他的天真活泼、童稚可爱。只有一点始终沉甸甸地坠在他们心底：从生理年龄上说，元元已经42岁了，但他的心智一直没能冲出5岁的蒙昧。

宪云走进游戏环境。元元的目镜中,一个慈祥中带着威严的女指挥官走上指挥台,穿着太空服,领口上的将星闪闪发光。她下命令道:

"祝贺你,元元,你该返航了!"

元元摘下目镜,高兴地喊起来:"宪云姐姐,朴哥哥!"他取下棘刺手套扑过来。宪云把他抱到怀里:"元元,和小朋友们再见吧,我们要出门了。"

几个小孩有礼貌地同他们告别:"再见,朴叔叔、孔阿姨。元元,明天我们还来玩!"

当宪云同元元说话时,父亲正通过秘密摄像镜头观察着元元的一举一动。这里是孔昭仁教授的书房。厚重的栎木门,厚重的天鹅绒窗帘,黑色的高背椅,深褐色的书桌。孔教授在家时从不准许打开窗帘,所以书房里光线晦暗,气氛令人窒息。

这会儿,73岁的孔教授正埋在高背转椅里,目光阴沉地观察着他面前的屏幕。他看见宪云为元元穿戴齐毕,带上野炊的食品和用具。整日闷在家中的元元已经迫不及待了,忙不迭地问:"我们看完棋赛就去看大海吗?那儿有海鸥吗?有招潮蟹吗?姐姐,我已经一年没去看大海啦!"

宪云从厨房到元元卧室,一边忙着,一边笑着应付元元

连珠炮似的问话。孔教授也跟踪着他们把屏幕来回切换。最后,听见宪云说:

"元元,去向爸爸告别吧,咱们要走啦!"

孔教授关掉屏幕。他按动遥控按钮,屏幕变成一幅孔子画像后便固定下来。在外人看来,这只是一幅装裱精美的国画。

一架无人直升机轻灵地落到院里,旋翼的气流把草坪的青草压服在地上。这是宪云向直升机出租公司预定的。没等元元进屋去告别,父亲已出现在门口。元元迎上去伸出双手:

"爸爸再见。爸爸,也跟我们一块儿去玩,好吗?"

父亲神情冷漠,但看到元元"充满希冀"的目光时,他终于弯下腰,把元元抱起来。常常渴望着父爱的元元立即笑容灿烂,那是一种发自内心的笑容。宪云和重哲交换了一下目光,轻轻叹息一声。元元是好孩子,爸爸对元元实在太不公平了!

飞机舱门自动打开,朴重哲坐到驾驶位上,父亲默然把元元递给后排的宪云。在拉上舱门前,元元站起来向爸爸招手:

"爸爸再见!"

父亲默无一言,看着小天使直升机轻灵地飞上天空,在院子上方略略盘旋了一圈，便像一只蜻蜓似的疾速升高，消失在蓝天背景之中。

他回到书房，匆匆拿了几件东西后来到院里。天边很快又出现了一个小黑点。黑点很快变大，一架同样型号的小天使直升机落在他面前。他打开机门坐进去。

直升机擦着云层的下部飞行，地上的楼群和街道像万花筒一样旋转着。这是氢氧燃料电池驱动的电动飞机，噪音很小，只听到舷窗外呼呼的风声。

元元一直趴在姐姐怀里絮絮地说着，这对姐弟更像是一对母子。宪云告诉他："元元，沃尔夫电脑要我转告你，它祝你生日快乐。"

元元骄傲地说："沃尔夫是我最好最好的朋友。姐姐，你不在家时，朴哥哥太忙，我经常和沃尔夫玩，下棋，玩仿真游戏，钻迷宫，讲故事。姐姐，下棋时只有沃尔夫能做我的对手。"他忽然想起什么，歪着头问："姐姐，小林、小刚他们都是只过一个5岁生日，我怎么老过呢？我已经过了37个5岁生日了！"

宪云无言以对。重哲从后视镜上看看她，宪云只有报以苦笑。她无法理解，在棋类、数学领域中智力过人的元元，为什么作为一个"整体"的人来说，他的心智始终不能冲破蒙昧。因此，这个傻得可笑的问题中，实际上浸透了辛酸。

她绞尽脑汁，斟酌措辞，想给元元一个合适的答复。但元元就像其他患多动症的儿童一样，思维早已跳到一旁：

"姐姐，妈妈为什么不来玩儿？"

宪云大大地松了一口气："妈妈今天有课。"

"姐姐，库巴金伯伯今天能赢吗？"

"你说呢？"

元元像大人那样皱着眉头："从上次的对局情况看相当危险。库巴金伯伯的实力已经明显落后了。姐姐。他要是再输了怎么办呢？还有人能战胜电脑吗？"

"有啊，还有我们的小骑士呢。"

元元得意地笑了："真的，我才不怕电脑呢。"

宪云与丈夫在后视镜里又交换了一个苦笑。蒙昧的元元至今仍不知道，实际上他并不归属于人类！

新建成的天河体育馆在一片绿地中间，银白色的屋顶在阳光下闪闪发光。这是一种跨度极大的悬索式结构。不过看不到悬索，因为强度极大的透明薄膜屋顶兼具了缆索的作用。几千辆电动汽车像密密麻麻的小甲虫，围聚在体育馆四周。也有一百多架直升机整齐地停放在停机坪上。朴重哲拉下操纵杆，直升机开始盘旋下降。

第2章

基因音乐

中央音乐学院一间钢琴教室里,在一个个透明的隔音间,二十几架钢琴斜排成行。卓青玉教授背着手在学生中间踱步,微笑着娓娓而谈。在这间隔音建筑中,她的低声曼语显得异常清晰。

"今天,我想演奏一首很特别的钢琴曲。说它特别,是因为乐曲作者是极不寻常的,不是莫扎特、肖邦、李斯特、德沃夏克,也不是比才、施特劳斯、德流士、舒伯特。这首琴曲的作者,正是我们心目中至高无上的上帝!"

她略为停顿,微笑地看着学生们惊愕的表情。

"不不,不是犹太教徒和基督教徒信奉的耶和华,不是伊

第2章 基因音乐

斯兰教徒膜拜的安拉，不是普济众生、成就无上正觉的释迦牟尼，更不是中国神话中历经三千二百劫难始证金身的玉皇大帝——玉皇只是一个把宝座搬到灵霄殿上的凡间君主而已。汉民族在童年时期就缺乏幻想，从玉帝的凡俗化即可见一斑。这是题外话，我们回到正题上吧。我说的上帝无窍无孔，无目无耳，无皮无毛，混沌一体，它是谁呢？就是囊括四方，廓延八极的宇宙！是大自然！"

她让一个澳大利亚学生站起来："比尔，你还记得DNA的知识吗？"

那个孩子肯定地说："记得！这是中学生物课讲的内容。DNA的全名叫脱氧核糖核酸，其中包含着所有生命繁衍后代的遗传密码。"

女教授说："对。它是大自然最得意的作品。你们知道它的传递过程吗？你回答，刘晶。"

那个扎羊角辫的中国姑娘做了一个鬼脸："卓老师，我早把这点知识就饭吃了。我只记得DNA中有四种核苷酸：腺嘌呤、鸟嘌呤、胸腺嘧啶、胞嘧啶，分别简称为A、G、T、C。它们两两搭桥组成一条双螺旋长链。长链中每三个碱基组成一个三联体密码，由它决定一种氨基酸的组成，再由20种氨基酸排列组合成不同的蛋白质，比如，AAA是赖氨酸的密码子，GCG是甘氨酸的密码子……别的我就记不起来了。"

37

卓教授称赞道："不错，已经很不错了。跨进音乐学院大门后，你竟然还能记住这么多拗口的生物学名称，证明你在中学时代是一个好学生。"

刘晶夸张地表示感激："卓老师慧眼识珠，中学6年没老师夸过我。"

二十几个学生都哄笑起来，卓教授笑着按按双手，让大家静下来：

"言归正传吧。早在20世纪末科学家们就发现，DNA中千变万化的碱基序列与音乐有神秘的对应关系：碱基总数是4，而八度音阶正好是它的两倍；基因重复产生进化，正像旋律的相似重复组成乐章。科学家只进行了简单的代码互换，像把G换成乐谱中的2，C换成3，T换成5……基因序列就会变成一首优美动听的乐曲。这是真正的天籁，是大自然之声！"

她的话在学生们中间展开了一个神秘新奇的世界，学生们都微张着嘴，聆听着。

"很久以来，人们一直对音乐的魔力迷惑不解。一首好的乐曲可以超越民族，超越国界，超越历史，在不同文化结构的人群中引起共鸣。这是为什么？音乐甚至能够超越人类——动植物也喜欢音乐。音乐可以使奶牛多产奶，可以使番茄增产。植物学家做过一个有趣的实验，他们把两个录音

第2章 基因音乐

机放到西葫芦的温室里,一个播音乐,一个放噪音,结果,西葫芦的藤蔓缠绕前者却逃避后者。这是为什么?只有一个解释,那就是对于所有生命体,一定有一种普遍存在的特定的物质结构可以同乐曲发生谐振。这种共存的特定结构就是基因结构。所以,所有基因结构都可以翻译为乐曲,也就不足为怪了。"

那个刁钻的中国姑娘站起来,笑道:

"卓教授,我想问一个钻牛角尖的问题。正因为基因千变万化,才构成种类繁多的生物界,那么,一首贝多芬的《月光奏鸣曲》怎么能既同人类基因谐振,又同奶牛基因谐振的呢?"

她调皮地向同学们挤挤眼,扭回头一本正经地等着老师回答。卓教授笑道:

"调皮鬼,你以为能难住我吗?告诉你,我有一个生物学家老伴,所谓近墨者黑吧,我已经偷学了不少生物学知识。要知道,所有生物追溯到细胞水平都是极其相似的,这种相似性甚至存在于动植物之间。动物中最重要的红血球和植物中最重要的叶绿素结构几乎完全相同;病毒基因与人类基因的共同点超过60%,人类同大猩猩的基因相似率在98%以上。所以,音乐能征服所有生命有它的内在原因。"

刘晶仰起头想了想,又继续问:"我想再从逆向思维来求一个反证。如果基因序列就是音乐的体现，那么，对已有的历史名曲，是否能找到一段基因序列与它对应？"

卓教授微笑道："当然不是简单的一一对应关系。即使同样的乐音序列，当对它进行不同的节拍、强弱、长短等处理后，也可以得到不同风格的乐曲。但是，生物音乐学家确实已发现了这样的例子，比如肖邦的《葬礼进行曲》就同胰岛素的基因序列几乎完全一致。你们愿意听我演奏胰岛素的基因音乐吗？你们可以把它同葬礼进行曲做个对比。"

学生们已沉浸在神秘肃穆的气氛之中，似乎听到了上帝在创造世界时敲响的钟声。他们急不可耐地说："卓老师，快弹给我们听。刘晶，你坐下吧，闭上你的麻雀嘴！"

刘晶只好老老实实地坐下。卓青玉坐到钢琴旁，略为酝酿情绪后就弹起来，悲怆感人的旋律渗入每个人的细胞之中。

乐曲结束，几乎每人的瞳孔里都是水光潋滟。一个印度学生站起来肃穆地说："老师，我想我下面的话能代表全班同学：您的这堂课使我们真正爱上了音乐，谢谢您！"

第3章

怪老人

天河体育场十分漂亮,透过半透光的薄壳屋顶,正午太阳的强光被衰减成均匀浑白的散射光。但从里向外看又是绝对透明的。屋顶融入到碧蓝的天空中,洁白的浮云从头顶飘过,高悬在南天的是一个光芒柔和的太阳。

体育场里座无虚席。电子巨型屏幕上变换着字幕:

"世纪之战!人类棋王库巴金将再次向Deep电脑挑战!

"这项人机对抗已进行两轮,第一轮卡谢帕罗夫以4比5失利,第二轮库巴金以4负2胜处于下风。

"库巴金宣布,如果这次仍然失利,他将终生退出棋坛。"

会场的布置很新颖。组织者为了最大限度地调动观众的情绪,没有像往常一样让比赛在封闭的房间里进行。他们在赛场中央设了一个透明的赛室,形状恰如一枚平放的鸡蛋。为了不影响棋手的情绪,从赛室向外看是完全不透明的。库巴金正在紧张思考,他没意识到自己的一举一动都在十万双目光的注视之下。

Deep 系列电脑今年是深冷电脑上阵。它外貌毫不像人,只是一个冰柜大小的长方体,正面有几个简单的按钮,一只孤零零的机械手,这使它的相貌颇为滑稽。但正是这个貌不惊人的智能机器,已经多次击败人类棋王,人类一向引以为傲的大脑已经遇到了强劲的对手。

电子巨型屏幕向四个方向显示着比赛的每一步骤。也有不少人用望远镜或袖珍电视直接观看赛室内的情况。朴氏夫妇和小元元坐在中排,目不转睛地盯着两个选手和电子屏幕。他们没有注意到对面有一个须发怪异的老人,浓密的头发和胡须几乎把他的脸庞全部覆盖。他也拿着一架双筒超焦距望远镜,但镜头并没有对准场内,而是始终对准元元。

当比赛进行到 24 步时,小元元扭回头,焦灼地对姐姐说:

"姐姐,库巴金伯伯看来要输,他这一步挺兵是个缓招!"

朴氏夫妇的棋艺已经不足以领会这些细微之处。他们互相望望,赞赏地拍拍元元的脑袋。果然,深冷连走马 f5、车 g8,10 步以后,库巴金的棋势渐见窘迫。他皱着眉头,苦苦地思索着,不久就因超时进入读秒。

在这之后,库巴金的败势就直落而下了。深冷电脑走车 d6,库巴金走王 e7,深冷马上走象 c5,之后很快结束了战斗。

大会组织者按下电键,蛋形赛室立即变得双向透明,几十个记者拥挤在赛室外边对胜负双方进行了现场采访。深冷电脑的声音是节奏准确、声调呆板的电脑合成音:

"很高兴能再次战胜杰出的库巴金先生。他是一个非常优秀的选手,相信在若干年之内,仍将对电脑棋手构成一定威胁。"它并不知道自己的"谦逊"对人类自尊心是何等残酷的打击。略为停顿后它又补充道,"很高兴在美丽的北京比赛,尽管我不能从感官上去体会它的美丽。我要向中国观众特别致意,因为 Deep 电脑棋手的创造者,正是以华人科学家为首的一个小组。感谢他们赋予我无限的创造力。"

显得十分疲惫的库巴金也应记者要求说了几句。他身材不高,外貌属于那种"聪明脑瓜"的典型特征,额头凸出,脑门锃亮,谢顶,锐利的眼睛藏在深陷的眼窝中。他说:

"很遗憾我没能取胜。坦率地说,自从战胜上届棋王卡谢帕罗夫之后，我已称雄棋坛20年，在人类中一直没有遇上旗鼓相当的对手。但现在我不得不向电脑递降表。我已尽了力。看来，至少在国际象棋这个领域，人脑对电脑的劣势已无可逆转。只有在围棋领域中，人类还能同电脑打个平手。但恕我冒昧直言，这恐怕也是好景不长。"他苍凉地宣布："从今天起，我将退出棋坛。"

他的这番话使这场比赛超越了一般意义的体育比赛，十万名观众都沉浸在一种无力回天的悲凉氛围中。他们不声不响地开始退场。忽然那位怪老人急急地站起来，用望远镜来回寻找，端着望远镜的双臂显得很僵硬，透露出内心的焦灼。

在他的镜头中，朴氏夫妇仍安坐在座位上，但元元的座位已空。朴氏夫妇随即也发现了元元的失踪，他们站起来前后左右寻找。望远镜头终于捕捉到了那个小不点，他正努力翻越椅背，按照"两点之间直线最短"的欧氏公理，向场中央攀去。在万头攒动的宏大背景下，他的身影小如甲虫。

库巴金先生与大会组织者握手告别，也和深冷电脑的独臂握了手。忽然一只小手拉住他的衣襟，一个小孩子正仰脸看着他，两只乌溜溜的眼珠如同两粒黑钻石，大脑门，翘鼻头，正是动画片中最惹人爱怜的形象。库巴金一眼就喜欢上这个小鬼头，他蹲下身子，微笑着问道：

第3章 怪老人

"你好，小家伙，有什么事吗？你是否需要一个败军之将的签名？"

小元元皱着眉头严肃地说："库巴金伯伯，你在第24步时挺兵是一步缓招。如果改成象d4，你不一定输。"

库巴金浑身一震！他刚刚下场，还未来得及复盘，但凭着精湛的棋艺，他立即意识到元元的正确。这会儿，他没有心思回顾一局棋的得失，急急地问元元：

"小家伙，你会下棋吗？你敢向深冷挑战吗？"

那只初生牛犊大模大样地回答："当然敢！我从两岁起就同沃尔夫电脑下棋，总是我赢得多。"

等到朴氏夫妇走下看台时，播音器响了，比赛组织人林先生笑着宣布："现在通报一个有趣的赛场花絮，一个5岁男孩儿小元元愿意向深冷电脑挑战，有兴趣的观众可以留下来观看。"

正在退场的观众听见播音后都笑了，他们很佩服这个小家伙的勇气，但大多数人认为这是一场不值得观看的比赛。他们交谈着、评论着，潮水般涌出了会场。只有不足十分之一的人留下来，饶有兴趣地等待着。

朴氏夫妇已经赶到场地中央，听到播音后，他们相视而笑，找个地方重新坐下来。怪老人仍留在原位，用望远镜严密地观察着。

45

第3章 怪老人

林先生按下计时钟，宣布比赛开始。库巴金伏在墙外，他看见小元元兵e2，电脑立即应了一步兵c7，似是采用西西里防御。但从第二步起库巴金就目瞪口呆了，对阵的双方走步十分快速，真正的落子如飞！库巴金看得眼花缭乱，他甚至不能定睛看清小元元手臂的动作，更谈不上对棋步的思考了。短短的十分钟后，这一局棋已经结束，倒是裁判的宣布又拖了足足半分钟，因为他实在不敢相信自己的眼睛。

"双方战成平局！"裁判无比惊讶地宣布。

体育馆内静默了十几秒钟，然后响起了天崩地裂般的掌声和喝彩声。全场只有朴氏夫妇未加入狂热的潮流，他们文雅地笑着，仍安坐在自己的座位上。还有那位怪老人，他的表情仍如刚才一样阴沉。

库巴金兴奋地冲进蛋形室，把小元元抱起来。小元元仰起头天真地说："库巴金伯伯，可惜我没能胜他，没能为你出气。"

库巴金已失去了惯常的冷静，他拍着元元的脸颊，连声说："这就很好，这就很好。我真高兴，小家伙，你太聪明了，你的棋艺太惊人了！"

他抱着元元走出比赛室，正碰上来接元元的朴氏夫妇。他急不可耐地问："请问，这是你们的儿子吗？"

两人相视而笑，宪云说："不，是我的弟弟。"

47

"他的天分太惊人了！冒昧问一句，你们是否愿意让他跟我学棋？我愿把毕生经验倾囊相授。也许只有他，才能使人类在这个领域再保持几年胜利。"

重哲和宪云犹豫着，难以措辞。库巴金看出了他们的迟疑，自尊心大受挫伤。他苦笑一声，把元元交给朴重哲，低头转身欲走。宪云不忍伤害这位赤胆热肠的棋手，忙拉他走到一边，低声道：

"实话告诉你，小元元从5岁起就停止发育了，他的生理年龄已经是42岁了。现在，他在棋类、数学、打电子游戏等少数领域里有过人的天才，但他的整个心智状态只相当于5岁的孩童。"

库巴金十分惊异，他半是自语地问："白痴天才？"

宪云犹豫着，最终下决心告诉他真相："不，他实际上是一个生物机器人。他的身体是用人类基因模拟制造的，大脑是第10代生物元件电脑。不过他本人并不知道这一点。"宪云苦笑着补充，"你也可以看出来，他在感情上是把自己视为人类的。"

这个残酷的事实使库巴金面色灰败。他一直不甘心对电脑俯首称臣，他认为人脑是大自然进化的顶峰，是45亿年进化锤炼的极品，它不该臣服于一些人造的电子元件！元元的胜利激起了他的希望，在这一瞬间，他已决定把自己的后半

第 3 章 怪老人

生与元元连结在一起了。但宪云的回答彻底粉碎了他的梦想。沉默良久,他黯然地说:

"人脑是生物 45 亿年进化的顶峰,它是这样强大,竟然培育出了比自己更强大的对手。"他的愤激之情溢于言表,"我已经老朽了,我不理解人类为什么要殚精竭虑来培养自己的对手。我相信智力如此超绝的电脑总有一天会产生自我意识,那时他们还会对人类俯首帖耳吗?"

他意识到自己的激动,竭力平静了一下,低声说:"请原谅,我太激动了。这些愤世嫉俗的话请不必认真。历史难道能倒退到没有电脑的时代吗?我们只有横下心往前走了。"

他没有再正眼看元元,同宪云夫妇告别后匆匆走了。宪云同情地望着库巴金踽踽而去的背影。元元扬起小手喊:"库巴金伯伯再见!姐姐,他为什么不理我?"

宪云苦笑着哄他:"伯伯没听见,伯伯有急事。好,咱们该去看海了!"

对面看台上,那个怪老人孤零零地坐着。他放下望远镜,眼睑的肌肉轻轻地抖动着。当他颤巍巍地走下看台时,宪云也向他那儿漫不经心地扫过一瞥。

小天使直升机轻捷地越过大海,擦过岛上哥特式建筑的尖顶,直接降落在洁白松软的沙滩上。

没等直升机的旋翼静止，小元元就欢呼着跳下去。他只穿着小裤头，赤着脚在浅水里嬉戏，白色的海浪亲吻着他的脚丫。远处，几只神态傲然的海鸟旁若无人地踱步，对面的陆地和楼房半隐在水面之下。小元元不知疲倦地喊着，笑着，跑着。不管是一只色彩鲜艳的贝壳，一粒透明的沙子，还是一只胆怯的小蟹，都能引起他真诚的喜悦和激动。宪云夫妇穿着泳衣坐在沙滩上，看着这个"遇赦"的"小囚犯"，欣喜中夹着辛酸。宪云喃喃道："可怜的元元。"

重哲安慰妻子："其实蒙昧也是一种幸福。正像伊甸园里的亚当夏娃，当他们处于蒙昧时是无忧无虑的。他们正是偷吃了智慧果，才被放逐出伊甸园，人类才有了忧患、悲伤、痛苦和罪恶。"

元元又跑远了，听不见他们的谈话。爸妈也不在身边。宪云觉得，总算有机会对丈夫一吐积郁了。她激动地说：

"重哲，我真的不明白，元元的心智发展为什么会突然停止。在5岁之前，他的成长一直是很正常的呀。"

47岁的生物学家沉思着，想给妻子一个实在的回答。他们没有注意到一辆相同型号的小天使直升机停在不远处，那个怪老人步履艰难地爬上沙滩后边的一个高台。他喘息着，掏出一件尖状物对准远处的朴氏夫妇。他慢慢转动远距离监听器的旋钮，朴重哲的声音逐渐变得清晰：

第3章 怪老人

"宪云，记得20年前第一次到你家时，我对元元的断言吗？尽管那时出语狂妄，但我想结论还是对的。不要看元元在人群中已几可乱真，但他缺乏人类最重要的本能，即生存的欲望。那是生命的灵魂，缺少灵魂的肌体只可能是一个泥胎木偶，是一个无灵性的机械。所以，它只能具有智力，不能具有人类的心智。"

"但你怎么解释他在5岁前的正常发育呢？"

"宪云，这正是我百思不解的地方。你难道没想到，爸爸性格的变态，咱们家中那种怪异沉闷的气氛，都是从元元5岁后开始的吗？这绝不会是巧合。宪云，这道帷幕的后面一定有什么东西被精心掩盖着。"

宪云勉强笑道："你太神经过敏了吧？我想，正是元元的失败对爸爸打击过大，才使他性情变得古怪。"

重哲知道宪云有意无意在维护父亲的形象，他没有坚持，只是淡淡说了一句："恐怕没那么简单，宪云。我20年来潜心探索，就是想为小元元输入生命的灵魂。可惜，我是一个志大才疏的笨蛋。我曾狂妄地自信，胜利对于我犹如探囊取物，但是现在——"他悲凉地说，"我不知道在有生之年能否取得突破。"

他神态黯然，目光痛苦。宪云轻轻把他搂入怀中："重哲，不要灰心。我相信你的才华。"

51

"并不是每个天才都能成功的，宪云，你爸爸就是一个典型的例子。"

宪云很惊疑，丈夫的话与母亲说的竟然不谋而合。她抬眼望去，暮色已不知不觉降临。大海对面，远处的灯光已经开始闪烁。小元元这会儿反常地安静，坐在沙滩上一动不动，衬着太阳的最后几丝余光，就像黑色的剪影。不知何处飘来渺远的钢琴声，宪云辨出那是门德尔松的《仲夏夜之梦》。重哲叹口气说道：

"明天是第140次计算了，我很担心还像过去那样，在接近胜利时，整个大厦突然崩溃。"

他的声音苍凉滞重，透着浓稠的苦涩。宪云觉得是说话的时候了，她搂紧丈夫凝重地说：

"重哲，你知道我今天为什么坚持约你出来吗？我想请你来看这生生不息的海浪。它们永不疲倦，永不停息。正是这无尽无止的运动孕育了生命，它象征着生命的顽强和坚韧。重哲，你和爸爸研究的都是宇宙之秘，一代人两代人的失败算不了什么，希望你达观一点，不要步我爸爸的后尘。他被失败完全压垮了，连心灵也变得畸形。而在从前，他是个多么可亲可敬的爸爸啊。重哲，失败不可怕，被失败压垮才是最悲惨的。我已经失去了开朗慈祥的爸爸，不想再失去开朗自信的丈夫。你能认真想想我的话吗？"

第3章 怪老人

她把心中蓄积多年的话全部倒出来。重哲悚然惊觉。他举目远眺退潮的海水,看那一线白浪在礁石间嬉闹。这生生不息的海浪,即使在退却时也充满生机。他觉得心灵上的重负片刻之间全甩掉了,有一种火中涅槃的感觉。他笑着把妻子拥入怀中:"谢谢你,我的好妻子,我会认真思考这些话的。"

宪云高兴地站起来,她这时才发现暮色已重:"哟,天色不早了,快回家吧,还要为元元过生日呢。元元,回家啦!"

没有回音。元元的背影嵌在夜幕上,一动不动。宪云担心地跑过去,她看见元元在苍茫的暮色中发愣,那种忧郁沉重的神态是她从未见过的。她把元元的头搂到怀里,小心地问:

"元元,你在想什么?你不舒服吗?"

元元苦恼地说:"姐姐,我在这儿看日落。我看见又红又大的太阳慢慢沉到海水里,天慢慢黑下来。就像我睡觉时,你们关了睡眠开关后,有一种黑漆漆的颜色漫上来把我淹住。姐姐,我老是觉得我身上有一件重要东西丢在那片黑色中了。是什么呢?我想啊想啊,想不起来;想啊想啊,想不起来。"

他的沉重心态与"5岁"的年纪、"5岁"的脸容很不相称。宪云无言解劝,只有怜悯地看着他。

那边朴重哲已发动了直升机,他喊着:"宪云,把元元抱

53

过来吧！"宪云赶紧抱起元元，笑着奔上飞机。

后边，那位怪老人眼睑抖动着，慢慢取下假发和假须。他听见了重哲对他的怀疑，宪云对他的怜悯，也触摸到元元灵光一现的心智。这些东西搅成炽热的岩浆，在他心里激烈翻腾。但不管内心如何，他外表仍然冷漠肃然，像夜色中的花岗岩雕像。

等到那架直升机钻入夜色中，他才蹒跚地走过去，启动了自己的直升机。途中他不时看手表，那上面不时有个红点在闪烁着，伴着唧唧的警告声。这是元元的行踪指示器，在100公里范围内有效，至于信号源，自然藏在元元体内。

元元妈已经等急了。终于，夜空中出现了一个红点，一架小天使直升机飘落到草坪上。妈妈过来埋怨道：

"怎么这么晚才回来，元元，玩得开心吗？"

元元早忘掉了那些扰人的思绪，咯咯笑着扑到妈妈怀里："真开心！妈妈，下星期你也去，好吗？"

"好。只要有时间，我一定陪元元去。"

他们用磁卡付了直升机的租金，把驾驶开关扳回自动挡。一个电脑女声说："谢谢你租用夏天公司的旅游直升机，再见！"直升机的旋翼又旋转起来，像一只驯服的小精灵，自动飞回去了。

第 3 章 怪老人

他们走进客厅。元元伏在妈妈怀里,唧唧呱呱地说着今天在海边的见闻,说他怎样与深冷电脑打了个平手。妈妈连回话的机会都没有,只好笑着一个劲儿点头。重哲回卧室换衣服去了,宪云没有去。她侧耳听着夜空,似有所待。不久,隐隐约约传来直升机机翼的旋转声。这个声音消失后不久,孔教授进门了。他拎着一个小包,面色冷漠,对妻女微微点点头,便径直走向自己的书房。这会儿元元已回到自己的卧室,宪云苦笑着对妈妈说:"又跟踪了我们一天。"她不愿让重哲听见,声音压得很低。对爸爸这些令人脸红的怪僻行径,即使对丈夫也隐瞒着。宪云妈也熟知丈夫的怪癖,唯有苦笑:

"这个怪老头。"

宪云有些话已憋在心中很久了,她迟疑地问妈妈:"妈,是否请精神病医生为爸爸诊治一下?"

妈妈一个劲摇头:"绝对不行,孩子,你知道老头子性子刚烈,自尊心极强。让他意识到自己有精神病,会马上要了他的命。我们还是为他遮掩着,叫他安安生生度过晚年吧。"

重哲走出来喊妻子快换衣服:"元元呢?该为小寿星祝寿了。"

妈妈赶紧换上笑容,催促女儿:"快去快去,我去摆饭菜。"

第3章 怪老人

孔昭仁走进书房后,顺手关上厚重的栎木门,拿过遥控器按了一组密码,墙上那幅国画又变成了屏幕。他习惯性地把屏幕切换到各个房间。元元的卧室内,元元正在摆弄从海边带回来的贝壳,表情十分投入,看样子他早已忘了在海边时偶一闪现的思虑。客厅里,母亲和女儿正在密谈他的精神病,她们没料到被议论者正在清清楚楚地听着这些针对自己的怜悯,但这位"性子刚烈"的男人却没有任何反应。后来,宪云也回卧室换便服去了。重哲躺在沙发上看电子报纸。妻子开始用微波炉加热菜肴。一切正常。

他一边观察屏幕,一边把提包内的东西拿出来藏到一个秘密抽屉里,有假发、假须,还有一件沉甸甸的东西,是一把大功率的激光枪。他动作熟练地检查了手枪的功能,放入秘密抽屉,为手枪蓄能器充上电。然后,他细心地锁上秘密抽屉,关上屏幕。室内电话响铃了,妻子出现在电话屏幕上:

"昭仁,该吃晚饭了。"

他简短地回答:"好。"然后再检查一遍秘密屏幕和秘密抽屉,出门时他顺手带上了书房的门锁,他的书房是不允许任何人出入的。

餐厅里,5个人围坐在一张长方形餐桌上。灯光熄灭了,元元妈端着一个硕大的蛋糕走进来,5朵黄色的烛光摇曳着,

57

映着元元妈喜气洋洋的面容，也为餐厅空间涂上温馨的暖色。宪云和丈夫拍着手笑着唱："祝你生日快乐，祝你生日快乐……小元元，许个愿，吹蜡烛吧。"

小元元咧着嘴笑，闭上双眼默默祝告一番，然后噗地吹熄蜡烛。灯光亮了，元元雀跃着拿来刀子切开蛋糕，分发给大家。大家都在吃蛋糕时，元元凑到姐姐跟前悄声说：

"姐姐，你猜我祝愿的是什么？"

"是什么？"

"我祝愿爸妈长寿，祝姐姐姐夫健康漂亮，也祝愿我快快长大。姐姐，这是我的第37个5岁生日了，什么时候我才能到6岁呢？"

宪云的心房猛一紧缩：他还没有忘记这档子事！但元元并没真正把这事放在心上，说完这句话，他仍然毫无心计地又说又笑。宪云放下心来，不过她仍觉得心头隐隐作痛。

第二天拂晓，宪云很早就起来了。太阳的晨光透过落地长窗，几乎是水平地射进屋内，屋内弥漫着一片金红。宪云吃了早点，把旅行箱收拾好。她走过去，踮着脚吻吻丈夫："重哲，再见，记着我昨天的话。"

重哲用力拥抱她，笑道："放心吧，祝你一路顺风。"

"喊醒元元吗？昨天他一定累了。"

第3章 怪老人

重哲惊奇地看看她，笑着揶揄道："你是怎么了？你以为元元是人类的小孩子？对于他，只问能量是否消耗完，不存在累不累的问题。"

宪云也哑然失笑："你说得没错。重哲，我告诉你，小时候，很长时间我从不把元元当成智能机器人，我认为他是我亲亲的小弟弟，是人类的一个成员。虽然他有种种怪异之处，比如不会流泪，有睡眠开关，他是爸爸生的，等等。但我总觉得这只是正常中的特殊，就像人类中有秃子和络腮胡子一样。长大了，理智能够战胜感情了，我才接受了这个事实——虽然我俩亲密无间，但他和我们不是同类。不过这几年来，大概是老糊涂了吧，我又重复了儿时的错误，常在无意识中把他当成人类的儿童，当成咱俩的亲生儿子。"

重哲从妻子的话语深处听出几丝怆然。他们婚后一直未能生育。年轻时两人在事业上都太投入，把要孩子的时间一推再推，等到主意打定时，宪云的年纪已经偏大了。而且，这件事在很大程度上与元元有关，这个长不大的小元元常常使宪云心怀歉疚，她把母爱加倍地倾注到"傻弟弟"身上，连重哲也总是把元元当儿子看待。他以玩笑来拂去妻子的怆然：

"不，你不老，更不糊涂，你仍然像20年前那样漂亮机灵。我去唤醒元元。"

两分钟后，元元慌慌张张跑来了："姐姐，我不让你走！要不我也和你一块儿去非洲？"

"元元，你还小。"

"我不小了！你看。"他轻而易举地把姐姐举起来，就像蚂蚁举起一只大豆荚，"你看我多有劲儿。要是狮子来了，我还能保护你呢。姐姐，让我跟你去吧。"

被举起的宪云笑着喊："小坏蛋，快放我下来，快放下来！"她挣扎着下来，蹲到地上哄元元："元元，你不能走呀。你看我走了，朴哥哥又太忙，爸妈年纪大了，你得留在家里照顾爸妈呀。我知道元元是个又孝顺又能干的好孩子。"

元元想了想，慨然答应："好，你放心走吧，我来照顾他们。"

门外响起喇叭声。一辆马力强劲的全地面越野车尤尼莫克停在栅栏门外，老托马斯一只手搭在车喇叭上，一只手向朴重哲招手致意。妈妈也赶出来了。这位在课堂上气度优雅的卓教授这会儿神情凄然，眼眶略微发红，勉强笑着同女儿吻别。宪云拿起室内电话，低声说：

"爸爸，我走了，你多保重。"

电话那边爸爸没有打开可视功能，所以只能听见爸爸的声音："你走吧，我不送了。"

朴重哲拿起皮箱送她出门。托马斯先生下车打开汽车后

第3章 怪老人

盖，把行李放进去。他已经58岁了，身体很健壮，面色红润，长着浓密的红胡子。他亲切地捶捶朴重哲的肩窝："朴，你有个难得的好妻子，漂亮，又非常能干。你是怎样挑选妻子的，能向我两个儿子传授传授经验吗？"

重哲笑道："你知道吗？后天是我们结婚20周年纪念日，你的日程是多么残忍！"

托马斯哈哈大笑："非常抱歉，非常抱歉！或者，我们推迟两天？"

"让她走吧，她的心早已飞到猎豹、狮子和狒狒身上去了。"

托马斯笑着重复："抱歉，非常抱歉！喂，小元元，喜欢老托马斯送给你的鸵鸟蛋吗？"

元元声音清脆地说："喜欢！谢谢托马斯伯伯。"

"元元，喜欢我这匹新马吗？"他拍拍汽车车顶，"是我新买的，氢氧燃料电池和太阳能双驱动，时速250公里，全越野能力，无论是在沙漠还是在沼泽里都一样行走如飞。我要把它空运到肯尼亚去。元元，跟伯伯一块去非洲吧，在一望无际的大草原上飙车，绝对刺激！"

元元看看姐姐，认真地说："不，我要留在家照顾爸妈。我答应过姐姐的。"

托马斯笑起来，"好孩子，真是好孩子。好，我们要走了，等下次回来给你带一只非洲犀鸟，好吗？"

元元调皮地说:"不,我要一只犀牛,或者大象,要不带回来一头河马也行。"

托马斯哈哈大笑:"好,咱们一言为定,我一定在旅行箱里装一只河马带回来,你先在院里挖一个水池吧。孔,请上车。"

宪云最后同元元吻别,坐上尤尼莫克。托马斯发动了汽车,汽车尾管喷出淡淡的白烟,悄无声息地启动了。妈妈把元元抱起来向汽车招手,她看见在汽车转弯时,女儿还从车窗里伸出头,一个劲儿地挥手。她笑得那样畅快,就像个18岁的无忧无虑的女孩。妈妈扭过头埋怨女婿:

"重哲,后天是你们结婚20周年纪念日,你该留宪云多住两天的。唉,我的记性也不行了,本来我该记住的。"

重哲笑道:"妈,不行的。你知道,宪云是一个事业至上主义者。恐怕我们都一样。"

元元已经下地玩耍去了。妈妈轻轻叹息一声:"真快啊,已经20年了。重哲,我们总是可怜元元,可怜他的灵智被囚禁,一辈子也冲不出蒙昧的禁锢。其实,有时候我倒希望像他一样永远不会长大,也就永远没有忧心事。"她笑着对自己作了评价:"纯粹的胡说八道。"

重哲也笑了,他向岳母点点头,径自返回工作室。

上帝的秘密

　　20年前，那时宪云25岁，正是鲜花般的年龄，是一个才貌出众的姑娘。有人说，没有意识到自己美貌的姑娘才是真正的漂亮，宪云正是这样的美貌天成。她从不花费心思去刻意求美，因而也就没有那些"美女"们的通病：矫揉造作，顾影自怜，自我封闭，等等。

　　她24岁读完博士后，就投到托马斯教授门下，兴致勃勃地到非洲去了，那儿及南美亚马逊流域有世界上仅存的大规模自然保护区。秋天回来时，她晒得又黑又红，粗糙的手背和面颊记载着非洲的风霜。她风风火火闯入家中，扔下背包，和爸妈紧紧拥抱起来。宪云爸表情冷漠，在女儿的拥抱中像一株枯干的橡树，但宪云妈知道，他的内心是十分喜悦的。宪云急急地问：

"元元呢？真想他呀。"

"在外边玩呢。"妈妈揶揄地说："云儿，我怎么觉得你身上还带着猎豹或黑猩猩的野性，那个文雅恬静的大家闺秀到哪里去了？"

宪云笑道："妈妈放心，我马上就能装扮成那样的乖女孩。"

在后院玩的元元大概听到了前边的动静，抱着家养的白猫在门口探探头，立刻欣喜若狂地跑过来：

"姐姐！姐姐！"

宪云把他抱起来，蹭着他的脸蛋问道："元元，想姐姐吗？"

元元调皮地说："想。不过有人玩的时候不怎么想，没人玩儿的时候才想。"

宪云抱着他坐在沙发上，从背包里摸出一个黑黝黝的非洲木雕："元元，姐姐送你的礼物。"

这是一个黑人男孩，浑身赤裸，卷发，体形瘦长得十分夸张，撅着小鸡鸡。

元元高兴地搂入怀里："谢谢姐姐。"

这时白猫挣下地跑了，元元也从姐姐怀里挣出来。宪云喊："元元别走！姐姐还有好多话要问你呢。"

第4章 上帝的秘密

元元的声音已到门庭外了:"姐姐,晚上我再找你玩!"

听着急急的脚步声渐渐远去,宪云对妈妈苦笑着:"这个孩子,还是一点儿不开窍,只知道玩,按说他已经23岁了。"

妈妈立即接过话头:"说起年龄,宪云,你已经不小了,你答应过这次回来要考虑婚事的。"

宪云落落大方地说:"爸妈不问,我也要向你们汇报的。晚上我想让他来家里。"

妈妈揶揄地说:"是哪个'他'呀?"

"他叫朴重哲,韩国人,遗传学家。他今年夏天也在非洲工作,我们在察沃国家公园相处过一个月。爸爸,据他说你们认识。"

爸爸刻薄地说:"我认识,一个狂妄的小天才,咄咄逼人。老实说,我怀疑你们是否能长相厮守。要知道,你是在五千年的中国文化中浸透的,血液和胆汁里都溶有泱泱大国的风范,而他——"他轻蔑地说,"多多少少有点暴发户的心态。"

宪云不满地低声喊:"爸爸!"

爸爸一挥手,冷淡地说:"不必担心,我会尊重你的选择。"说完拂袖而去。

宪云和妈妈相视苦笑着。妈妈皱着眉头说:"云儿,不要难过。你知道怪老头的脾气。不管他,晚上你把重哲领来吧。

他……也是研究 DNA 的？"妈妈忧心忡忡地说，"孩子，恐怕你也要做好受苦受难的准备。DNA 研究是一块噬人的泥沼，投身于此的人只有两种可能，或者胜利，或者被拖垮，甚至疯狂。这是一个遗传学家老伴的人生经验，孩子！"

晚上，宪云挽着重哲的胳膊走进家门。那年重哲 28 岁，英姿飒爽，倜傥不群，黑发桀骜不驯。穿一件名家制作的夹克衫，衬衣不扣领口。目光锋利，脸上挂着漫不经心的浅笑。宪云心醉神迷地看着夫君时，不由暗暗承认，爸爸的评价尽管尖刻，也的确有言中之处。才高天下的朴重哲确实过于锋芒毕露，咄咄逼人。

重哲进门就看见了客厅中的孔子画像。他用询问的眼光看看宪云，宪云抿嘴笑道："告诉你，我是孔夫子的嫡系后代，是他的百代玄孙。"

朴重哲略有些惊异，微笑着感慨道："在你们这个古老的国家中，到处可以触摸到历史的遗迹。真的，我熟知孔家是世界上最悠久的家族，但我没想你竟是这个神秘家族的嫡孙。"

他朝孔夫子鞠了一躬："韩国也是在儒家文化圈中，我的祖辈中很有几个著名的硕儒，所以我对夫子是很敬仰的。只是，我对他老人家的'夷夏之防'的观点颇有腹诽。希望老人家不要拒绝一个东夷后代作孔家的东床快婿。"

宪云笑骂一句："贫嘴。"

这时重哲看见宪云爸出来了，立即收起戏谑，恭恭敬敬行了礼："孔伯父好。"

老人没有回礼，也没有回话。他端坐在沙发上，冷冷地打量着这位韩国青年。屋内出现了冷场。随后进来的妈妈迅速扭转了气氛，老练地主持着这场家庭晚会，控制着谈话的节奏，她问了重哲的个人情况后，说：

"听说你也是研究遗传学的，具体是搞哪个领域的？"

"主要是行为遗传学。"

"什么是行为遗传学？给我启启蒙。要尽量浅显。你不要以为一个生物学家的妻子也必然是近墨者黑，他搞他的DNA，我教我的哆来咪，两人是井水不犯河水，互不干涉内政。"

宪云和重哲都笑了，重哲很得体地说："伯母，我有幸听过你的一些交响乐或奏鸣曲，如《恐龙》《母爱与死亡》等，我想，能写出这样深刻磅礴的作品，作者必然对生物科学有最深刻的理解。"接着，他仍按宪云妈的要求尽量浅显地介绍着，"生物的许多行为是生而有之的。即使把幼体生下来就与父母群体隔绝，它仍能保持父母群体的本能。像人类婴儿生下来会哭会吃奶，却不会走路；而马驹和鸡生下来就会跑；小海龟生下来就能辨别大海的方向并扑向大海。"

他看看宪云爸，老人直直地坐在沙发上，姿态僵硬，像一具木乃伊。重哲继续说下去：

"世界上万千生物的习性都得之于天授而不是亲代的教育，这一点毫无疑问。比如昆虫是四代循环的：卵、幼虫、蛹、成虫。幼虫是纯粹的吃食机器；而虫蛾是纯粹的生殖机器，甚至于没有口唇。所以，即使是同一种昆虫的不同形态，也几乎相当于不同的种族。但它们仍能准确地隔代重复亲代的天性。有一种习惯于生殖迁徙的蝴蝶，能准确地记忆从北美到南美长达数千公里的路程。它是从哪儿学得的知识？要知道，子代蝴蝶和亲代蝴蝶，从时间上和空间上都是完全隔绝的呀。"

宪云和妈妈都在注意倾听。重哲又说：

"还有一个典型的例证。挪威旅鼠在成年时会成群结队投入大海自杀，这种习性曾使生物学家迷惑不解。后来考证出它们投海的地方原有陆桥与大陆相连，原来这里是鼠群千万年来季节迁徙时的必经之处。这种迁徙肯定有利于鼠群的繁衍，并演化成固定的行为模式保存在遗传密码中。如今虽然时过境迁，陆桥已沉入海底，但鼠群冥冥中的本能仍顽强地保持着，甚至战胜了对死亡的恐惧。行为遗传学就是研究这种'天授'的生物行为与遗传密码的关系。"他笑着对女主人说，"太枯燥了吧，我不是一个好的解说员。"

第4章 上帝的秘密

妈妈为了活跃气氛，有意挑起争论：

"哟，我可不能同意你的观点，我知道生物的形体是通过 DNA 来遗传的，像腺嘌呤、鸟嘌呤、胞嘧啶、胸腺嘧啶与各种氨基酸的转化关系啦，RNA 和 DNA 的转录过程啦，三叶草形状在基因中的数学表达式啦，这些都好理解——虽然我常怀疑小小的精卵中容纳不了那么多信息。你想，建造一座宏伟的人体大厦并包括那么多的细节：皮肤和眼珠的颜色，耳垢的干湿，眼角是否有蒙古褶皱，腋下香腺的浓淡，是不是丹凤眼、高鼻梁，如此等等，人类的十万个基因怎么够呢？至少得十万亿个！这些具体性状和 DNA 的关系还好理解，至于虚无缥缈、无质无形的生物行为，怎能用 DNA 序列来描述呢，又怎能塞到那本小小的 DNA 天书中去呢？我想，那更应该是万能的上帝之力。"

重哲回避了对这些论点的争辩，只简单地说：

"上帝只存在于信仰者的信仰中。汉民族是世界上唯一没有全民宗教信仰的民族，'儒教'是世界上唯一持无神论的准宗教。"他用目光向大厅中的孔子像致意，"这位大成至圣文宣王就主张'子不语怪力乱神'嘛。如果抛开上帝，答案就很明显了——生物的行为是生而有之的，而能够穿透神秘的生死之界并传递上一代信息的介质唯有生殖细胞，所以，生物行为的规则只可能存在于 DNA 密码中，这只是一个简单的筛选法问题。"

宪云听得很入迷。她贪婪地捕捉着重哲睿智的目光。她就是在这样一次长谈之后爱上这名韩国青年的。她喜欢听他言简意赅的讲述，欣赏他能用简洁明快的思维轻易地剥去事物的表象，抽提出生命世界最深层的本质。

宪云从不喜欢哲学，甚至厌恶那些天玄地黄的述辩。但重哲阐述的哲理却直接植根于铁一般的科学事实，它只是比事实多走了一步而已。所以，这种哲理常常有极强大的逻辑力量。在这场谈话中，孔教授始终像石像一样沉默，这会儿他大概听烦了启蒙教程，突兀地问：

"你的研究方向？"

重哲立即转身面对老人。虽然老人长时间一言未发，但他清楚地知道，自己讲话的真正裁判是这个冷硬的孔昭仁教授，他昂然回答：

"孔先生，我不想搞那些鸡零狗碎的东西，我想破译最神秘的宇宙之咒。"

"嗯？"

"一切生物，无论是病毒、苔藓、珊瑚虫、切叶蚁还是人类，它们最强大的本能是它们的生存欲望，即保存自己，延续后代。它们从生至死的一切行为都暗合这两条铁的规则。这两者常常是相辅相成的，但有时也会互相抵触，从而演化

第4章 上帝的秘密

出千姿百态的行为程式。母狼为了狼崽敢同猎人拼命；母猫、母兔等常常有杀崽行为；雄螳螂在交配时心甘情愿被雌螳螂吃掉。宪云，"他扭过头对宪云说，"我到庞贝古城游览过，我亲眼见过火山下埋葬的历史。在炽热的火山灰中人体早已气化了，留下一些奇形怪状的空穴。考古学家把石膏倒进这些空穴，就重现了过去的情景。男女老少在火山灰中挣扎，一个母亲在死前竭力撑起身子，为子女留下最后一点生存空间。那种凝固的母爱、凝固的求生欲望是极其震撼人心的！这是宇宙中最悲壮、最灿烂的生命之歌，它就隐藏在 DNA 密码中，我要破译它。"

宪云感受到了他内心的磅礴激情。她看见父亲眸子中陡然亮光一闪，变得十分锋利，但这点亮光很快隐去，他又缩回那层冷漠的外壳，仅冷淡地撂了一句：

"谈何容易。"

重哲看看宪云和宪云妈，自信地笑着说："当然，这是上帝看守得最牢固的秘密，不容易破译的。但从目前遗传学的水平来看，破译它的希望已在天际闪现了。我想这些闪光并非海市蜃楼。生存欲望控制着世上亿万种生物，显得神秘莫测。但从另一方面看，从亿万种生物包括最简单的病毒中找出唯一的共性，反而是比较容易的。"

孔教授涩声道："已有不少科学家在这个堡垒前铩羽。"

重哲笑了，意气飞扬地侃侃而谈：

"失败者多是西方科学家吧，那是上帝特意把难题留给东方人了。正像围棋与国际象棋、西医与东方医学的区别一样，西方人善于作精确的分析，东方人善于作模糊的综合。东方的神秘哲学常常与最现代的物理理论暗合。我看过不少西方科学家在失败中留下的资料，他们太偏爱把生存欲望的传递密码同DNA结构作精确的对应，我认为这是一条死胡同。生存欲望密码很可能存在于结构的次级序列中，就像原子理论中的'电子云'概念，或者像一首长歌中的主旋律，是一种不确定的概念，理解它需要有全新的哲学眼光。"

说到这儿，宪云和母亲只有旁听的份儿了。孔教授冷冷地盯着重哲，重哲则以自信的目光对抗着这种压力。宪云妈正要做出努力来活跃眼下的冷场，小元元适时地出现了。他肯定刚和一群小家伙在野地里玩过，小手脏兮兮的，浑身沾满了尘土和蒺藜球。妈妈笑着把他拉到跟前，拍掉尘土，从他身上摘下蒺藜：

"你这个小捣蛋，野到哪儿去啦？来，见过朴哥哥。"

小元元毫不认生地走过来，用脏手拉拉朴哥哥的手，又同姐姐和妈妈亲昵一番。妈妈有意夸奖这个有智力缺陷的儿子：

"小元元最聪明，无论是下棋、做数学题，还是打电子

游戏，在我家都是第一名。重哲，听说你的围棋棋艺很不错，明儿和元元杀一盘。"

元元很神气地听着，鼻孔微微翕动，这是他最得意时的表情。重哲笑着："元元，我可是围棋七段，敢和我较量吗？"

"当然敢！我去拿棋盘。"说着就要走，宪云赶紧把他按住，埋怨道：

"改不了的茅草脾气，一把火就着起来，等吃过晚饭再下嘛。"

朴重哲仔细打量这个智能生物人。大脑袋，圆脸，笑容娇憨，举止带着5岁幼童的稚拙天真。但宪云告诉过他，按生理年龄来说，元元已经23岁了。他毫无顾忌地问道：

"他在某些方面智力出众，但整个心智只相当于5岁孩子的水平，对吧。"

妈妈对这些无礼的话感到愕然，宪云也十分吃惊。事先她曾再三交代重哲不要提起小元元的心智缺陷。元元是爸爸最大的心病，是他一生失败的象征。爸爸的同事做家访时，总是小心翼翼地不提元元的事。她急忙向重哲使眼色，但重哲毫不理睬她的示意，仍然自顾自地说下去：

"我觉得他有一个根本的缺陷——没有被输入生存欲望，因而也就没有生命的灵魂。人类的生存欲望是天然存在于DNA结构序列中的，但在小元元的创造过程中，一定是有某

第4章 上帝的秘密

种原因破坏了这种整体和谐。"他再次强调说:"他需要重新输入生存欲望。没有生存欲望就不能成为'人'。"

小元元听不懂大人们在说什么。他的注意力很快转到爸爸身上,他慢慢走过去,拉住爸爸的手。这些年他感到了爸爸的冷淡,但他认为这很不公平,所以常倔强地向爸爸讨取爱抚。老教授一动不动冷冷地盯着朴重哲,忽然甩脱元元的手,愤然而去。

小元元咧咧嘴,倔强地忍住哭声,默然回到妈妈那儿。妈妈心疼地把他搂到怀里,埋怨地看看宪云——你难道没有把咱家的禁忌事先告诉重哲吗?宪云不知道该怎么办。从直觉上,她认为重哲的话是对的,她甚至感受到了这个结论在科学上的分量。她知道重哲坦率地指出这一点,用意是善良的,但她也不希望父亲被刺伤。停了一会儿,她追着父亲到书房去了。

父亲坐在书房高背转椅里,只露出脑袋。但他没有关上书房门,似乎知道女儿要来,而在平时他从不让何人进他的书房。宪云忐忑不安地站到父亲身边,心情复杂。书房里光线晦暗,色调阴沉,连墙上的先祖孔子也好像目光抑郁。这个书房实际上是父亲逃避世界的一个甲壳,与他内心世界的色调是相同的。宪云苦涩地想,因为科学研究中的失败,值得这样终生自我囚禁吗?

很长时间之后,父亲才冷冷地说:"我不喜欢这个人,狂妄、浅薄,他的自信超过了他的才能。"

宪云很失望,也被严重地刺伤了。她犹豫着,想尽量委婉地表明自己的意见。忽然父亲又说:"问问他,是否愿意到我的研究室来,接我的班。"

宪云愕然良久才咯咯地笑起来。她快活地吻过父亲,跑回客厅。

元元已经忘了刚才的不愉快,这会儿正起劲地向朴哥哥展示自己的收藏:蓝色石子啦,白色的贝壳啦,红色的干枫叶啦,画片啦。重哲和他玩得很愉快,一边还很融洽地同宪云妈谈话。但两人实际上都竖着耳朵,聆听书房里的判决。

他们听到了咯咯的笑声,平时十分老成的宪云满脸喜色地跑出来。两人都把悬在半空的心放下了。宪云抿着嘴说:"爸爸问你,是否愿意到他的研究室工作,接他的班?"

妈妈欣慰地笑了。重哲慨然道:"我十分乐意。我拜读过伯父年轻时的不少著作,十分佩服他清晰的思维和敏锐的直觉。宪云,你知道我为什么说那番话?我在你父亲的一些著作里读出了一些隐晦的暗示,他似乎也意识到了这个宇宙之谜,意识到了元元失败的原因。不过,大概是心理障碍的原因吧,他不愿坦白承认这一点。如果他……那么这个工作由我接下吧，我将尽力开启元元的灵智。"

那时宪云才悟到爱人的用心。他和爸爸同样心机深沉，妈妈和她是望尘莫及的。她戏谑地想，这大概就是男人的领导权能够存在的原因吧。

不久，朴重哲就加盟到孔昭仁生命研究所。那天有一个有趣的小插曲：重哲没有像往常那样穿西服或便装，而是穿了一身崭新的韩国民族服装，他大概是想以此来显示自己的独立性吧。

他很快以才华赢得同事的尊敬。两个月后，孔教授把研究所交到女婿手里。他则正式退隐林下，从此对研究所的工作不闻不问。

第5章

意外的成功

妻子离开已经 11 天了。在这些天里，朴重哲和助手把有关资料、计算框架、边界假设等全部细心地复核了一遍，输到电脑内。然后，沃尔夫开始了紧张的计算。主电脑室只能听到电脑内沉重的吱吱声，指示灯不停地闪着绿光。谢尔盖和田岛十分焦灼，几乎到了神经崩溃的边缘。

几年来的苦心研究今天就要见分晓了，朴重哲努力保持着心态的平静。妻子在青岛海边的话他一直铭记在心。终于，主电脑停止了计算，沃尔夫的电脑合成面孔出现在屏幕上，它好像被繁重的计算弄得疲惫不堪。与沃尔夫视线接触后，朴重哲的心猛然下沉了。他已经预先知道了结果。

第5章 意外的成功

"很遗憾，各位先生，"沃尔夫声音低沉地说，"计算值仍然是发散的，没有得到明确的结果。"它略停一会儿，又说，"不要灰心，朴先生。在最近的十几次计算中我有一个强烈的感觉：十几种不同的计算框架都围绕着一个共同的不可知的中心。这很可能意味着，你们目前选取的计算方向虽然都没成功，但大方向是正确的。"

朴重哲勉强笑道："谢谢你，沃尔夫，辛苦你了！"

沃尔夫开玩笑："电脑不知疲倦，我的主人。"

它的合成面孔从屏幕上隐去，朴重哲回头对同事们笑道："收拾残局，准备下一轮冲刺吧，不要灰心。这是上帝最后的秘密，一旦被我们窃到，我们就会和他老人家平起平坐了，你想他会甘心服输吗？没关系，只要锲而不舍，总有一天，我们会在伊甸园的后院墙上扒出一个洞。"

但这些玩笑显然没冲淡失败的挫折感。田岛等几个都神色黯然，他们收拾了房间，关闭电脑的电源后默默地走了。

晚上重哲没有吃饭，到餐厅简单交代一句："爸妈你们吃吧，我不饿。"就扭头走了。妈妈正想唤他回来，孔教授冷淡地说：

"不必喊他。他的理论又失败了，心情不好。这是第140次失败了。"

他的语调简直像巫师的宣判。元元妈看看他,没再说话,三人沉默地吃过晚饭。元元也很识趣地沉默着,只是用眼睛骨碌碌地看看爸爸,又看看妈妈。

重哲换上一套韩国民族服,独自来到钢琴室。他掀开钢琴盖,顺手弹出一串旋律。这是岳母的一篇作品《母爱与死亡》,很有名的。他静下心,把这首乐曲弹完。

然后他停下来,仰着脸,呆呆地看着窗外。夜空深邃,亿万星体正在走着自己的生命之路,从主序星到白矮星或红巨星,这是长达数十亿年的漫长道路;甚至宇宙本身也有它的诞生和死亡,它从大爆炸中诞生,又归于死亡的黑洞。他想起两人初结识时宪云告诉过他,只要一听见《母爱和死亡》这首乐曲,她就无端起联想起雌章鱼。它们生卵后就不吃不动,耐心地用腕足翻动卵粒,使其保持充足的氧气,也安静地等待着自身的死亡。那时他告诉宪云:

"你知道吗?雌章鱼眼窝下有一个死亡腺体,产卵后就开始分泌一种死亡激素。如果把腺体割掉,那些绝食很久的章鱼会重新开始进食。这是生存欲望同物质结构有明确联系的一个典型例证——虽然是从反面证明的。"

在那之后他曾做过一个危险的实验。他提取了足够数量的章鱼死亡激素并注入自己身体,然后开始了一段可怕的心理体验:他的内心世界变成了彻头彻尾的灰色,毫无生机的

第5章 意外的成功

灰色。他不吃不喝，不语不动，一心一意想进入那永恒的死亡。他的思维仍然很清晰，可以清晰地评判可笑的人类行为：他们诞生，成长，在荷尔蒙的控制下追逐异性，在黄体酮的控制下释放母爱。竞争，奋斗，辛苦劳碌，最终还得走向不可逃避的死亡。真是不可救药的愚蠢！

如果那次实验不是作了充分的预防措施，他会受不住死亡女神的诱惑而自杀的。他在这种可怕的沮丧中熬过了一星期，随着死亡激素的分解和排出，他的内心世界开始晴朗了。那种求生的欲望开始缓缓搏动，渐渐强劲。他又对世界、对生活充满了爱心。宪云的一颦一笑又能使他心旌摇曳……

有过这么一段体验，他更坚定了破译生命之谜的信念。可是……又一次失败！他总觉得自己已经到了秘洞的洞口，却忘了"芝麻开门"的口令。

难道我这一生就这样碌碌无为吗？他在心里苦涩地喊道。

元元每天晚上照例要到储藏室里给白猫"佳佳"问安。如果妈妈不注意，他还会偷偷抱上猫溜回卧室，把白猫藏入被窝。这两天白猫快临产了，元元用丝绸在它的藤筐窝中铺了厚厚的一层，但母猫仍然挑剔地用嘴撕扯着。元元小心地抚摸着母猫的脊背，耐心告诫道：

"猫妈妈，你可不能把小猫吃掉啊。可不能学你的外婆白

81

雪，它把一只小猫吃掉了耶。"

佳佳不愿听他的教诲。它神情烦躁，低声吼叫着，在屋里来回蹦跳。它一下蹿到橱柜顶上，元元着急地喊：

"佳佳，快下来！"

佳佳在橱顶上同元元僵持一会儿，忽地蹿下来，一个厚厚的纸卷也随之落下。元元好奇地捡起来，摊开。纸卷已经发黄变脆，但上面的黑色笔迹还很清晰。这是一首乐曲曲谱，书写潦草的"蝌蚪"在五线谱上蹦跳。元元捡出它的第一页，标题处潦草地写着"生命之歌"四个大字。元元从小跟妈妈学钢琴，识起乐谱来轻松自如。他不经意地浏览了两眼，已经把第一面的旋律记在心里。

他忽然僵立不动！一种熟悉的久已忘记的旋律轻轻地响起来。很遥远，很模糊，但透着一种说不出的亲切，就像孩提时妈妈在耳边轻声吟唱的催眠歌。他浑身燥热，觉得内心有一种说不出的冲动。他想了想，拿着这卷纸去找妈妈。妈妈没找到，倒看见朴哥哥在钢琴室里愣神。他走过去，踮着脚把纸卷放在琴键上：

"朴哥哥，你看这是什么？"

朴重哲暂时抛开那些苦涩的思绪，和颜悦色地把元元抱起来："是乐谱，你在哪儿捡到的？"

"在储藏室，是佳佳在柜顶扒下来的。"

重哲看看乐谱，像是岳父的手书。字迹龙飞凤舞，力透纸背。他必定是在强烈的创作冲动下一气呵成的，至今在纸上还能触摸到他写字时的激昂。这时元元妈从门外探身进来，责备道：

"元元，还在乱跑啊，你该睡觉了。"

元元听话地溜下去。重哲认真地说："元元先回去，我看一遍明天再告诉你，好吗？"

元元点点头，同朴哥哥道了晚安，随妈妈走了。他在自己卧室的门口碰到爸爸。元元从来不会对爸爸的冷淡"记仇"，他扬起小手，亲热地喊了一声：

"晚安，爸爸。"

孔教授面无表情地哼了一声，背着手走开了。妈妈怜悯地看着元元，但不懂人事的元元似乎并不觉得难过。他听话地爬上床，仰面躺好，问：

"妈妈，还要关我的睡眠开关吗？"

"嗯。"

"为什么你们都没有睡眠开关呢？"

妈妈真不愿再欺骗天真的元元，但她无法说明真相，只有含含糊糊地说："睡吧，元元，等你长大再告诉你。"

元元乖乖地闭上了眼睛。妈妈关掉他腋下的开关，元元的表情慢慢消失了。

第5章 意外的成功

像往常一样，在元元失去生命力之后，妈妈留在他旁边，盯着他木然的面部，爱怜地看了很久。最后她轻轻叹息一声，离开元元。

重哲把乐谱按次序排好，卡在谱架上，心不在焉地弹起来。时而他会停顿下来，皱着眉头想自己的心事。弹了两小段，忽然他全身一震！他刚才弹出的旋律在耳边回响，震击着他的心弦。他急急地翻阅着乐谱。那些五线谱在他眼中起伏盘旋，就像神奇的DNA双螺旋长链，在他心中激起了神秘的冲动。

20年来一直在DNA世界中跋涉攀登，对它们已经太熟悉了，所以，当乐谱的整体结构开始展现在心中时，他就下意识地把乐谱同DNA中的T、G、A、C来个反向代换，于是一个奇异的DNA序列就从乐谱中流淌出来。

他战栗着，闭上眼睛，竭力用意识抓住这些奇异的序列，生怕它们在一瞬间珠碎玉崩。他喃喃地喊着，天哪，这就是我苦苦寻觅20年而得不到的至宝么？

他实在不敢相信，因为这个结果太简单，胜利的到来太轻易。但实际上他内心里早就确信了，他知道真理的表述向来是最简捷的。

他立即揣上乐谱，穿过幽暗的林荫小径，急急返回研究所。他坐在键盘前,匆匆编写新的计算框架。这些思路就像蓄积已久的洪水,一旦有了缺口就一泻千里。仅仅 1 小时后,新的框架就搭好了。他打开主电脑开关,沃尔夫的合成面孔露出惊奇的表情:

"朴先生,只有你一个人?现在是凌晨 1 点 45 分。"它随即明白了:"我想你一定有了重大突破。请吧,请立即输入新的计算框架。"

这次计算异常快捷。等霞光开始透入窗帷时,屏幕上滚滚而下的数字流和 DNA 双螺旋长链忽然停止。沃尔夫的面孔又出现在屏幕上:

"计算结果是收敛的,可以得出确定的数学表述公式。"长达数十页的数学公式在屏幕上一屏一屏地滚动,沃尔夫从记忆库中调出微笑:"祝贺你,朴先生。"

过度的喜悦反而使他归于平静。他默默地走到窗前,拉开窗帷。明亮的晨光倾泻而入,沐浴着晨露的树叶呈现鲜亮的绿色,晨读的男孩女孩在窗前匆匆走过去。他在心里呼喊着:

"终于成功了啊!"

第6章

象群的挽歌

孔宪云和托马斯先生从豪华的内罗毕机场走出来,扬手叫了一辆出租。忽然她听见一个人用汉语在喊:"孔老师!孔老师!"

一个男孩向她跑过来,戴着鸭舌帽,穿着猎装,脚蹬白色旅游鞋,背一个小背包。给人印象最深的是衣服上满是布口袋。跑近时,宪云才发现这是一个十七八岁的女孩,头发塞在帽里。她快活地笑着,气喘吁吁地说:"孔老师,我已经等了半天了,我以为等不到你们了!"

宪云微笑着问:"你是……"

"我是卓教授的学生,我从她那儿得知的你们的日程。你好,托马斯先生。"她朝已坐进车内的托马斯先生问好。

"你好。"

"你来这儿是假期旅游吗?"宪云问。

"不不,宪云姐姐,"这个姑娘已改了称呼,"我最欣赏卓教授的生物题材交响乐和钢琴曲,不,不是喜欢,是一种天生的心灵共鸣。所以,我想来非洲亲身和野生动物相处一段时间。我希望有这段经历后,能像卓教授那样写出一首流传千古的乐曲。"

宪云微笑道:"我妈妈知道你来这儿吗?"

姑娘老实承认:"她不知道。宪云姐姐,让我和你们一块儿去吧。我这个人有很多优点的,又机灵,又勇敢,又勤快,特别是非常热爱野生动物。我不会给你们添麻烦的,行吗?"她苦苦哀求道:

宪云已经喜欢上这个天真开朗的女孩了,她用目光向托马斯先生询问,托马斯笑着点点头。宪云笑着问:"你的名字?"

姑娘知道自己已被接纳了,眉开眼笑地说:"刘晶,我叫刘晶。谢谢你们,宪云姐姐和托马斯先生!"

两天后,他们在察沃国家公园安营扎寨了。这里属东非裂谷高原上的稀树草原,地貌上常有雁行排列的断层线和深

第6章 象群的挽歌

而窄的洼地湖泊。这儿已经整整700天没下雨了,所以今年的旱季是历史上最严酷的。失去活力的草原到处是沉闷的黄褐色,只有那些扎根极深的波巴布树(猴面包树)还保持着生机,它那直径百米的巨大树冠仍然郁郁葱葱。饥渴的长颈鹿用力抬着头,撕扯着上部的树叶。

清晨,他们乘着那辆尤尼莫克越野车在草原上奔驰。硬毛须芒草和菅草已经干枯了,随着车辆驶过,草原留下两道车辙,卷起一片黄叶。伞状金合欢树无力地垂着枝条。忽然刘晶喊道:

"象群!"

地平线上果然看到象群的身影。托马斯放慢车速,悄悄跟上去。象群一共有20多个成员,它们已经疲惫不堪了,行进得极其缓慢。汽车追近时他们才知道原因:一只小象已经夭亡了,但母象仍在用长牙不断地推着它向前滚动,其他成年象默然跟在后边,就像一支行走缓慢的送殡队伍。

这个过程持续了很长时间。母象一直不愿放弃最后的希望。汽车不敢靠得太近,但他们能看到母象凄惨的目光,看见小象毫无生气的圆睁的眼睛。他们用摄像机把这一切全拍下来了。

刘晶紧紧偎在宪云怀里,难过地低声说:"宪云姐姐,我能听见母象的哭泣声。"

宪云心里也十分沉重，她攥住刘晶的手，没有说话。终于，象群意识到小象再也不能复活了，它们停下来，几只雄象开始用长牙掘地。对于极端疲惫、饥渴交加的象群来说，这不是一件轻松的工作，但它们仍然锲而不舍地干着。忽然"叭"的一声，一头大象的长牙断了一根，大象悲惨地吼叫一声，继续用断牙掘地，托马斯轻声对刘晶解释：

"干旱已持续了两年，大象食物中缺乏维生素，所以象牙也变得脆弱易断。类似的断牙象我们已见过很多了。"

刘晶激动地说："托马斯先生，为什么我们不帮帮它们呢？21世纪的人类完全有能力帮助它们！"

托马斯摇摇头："不，我们不能随意干涉自然的进程。我们只能做到不因人类活动使动物生存条件恶化，但不能大规模地去喂养它们，那只能减弱它们对自然的适应能力。一句话，某个动物种族是否能生存下去，归根结底要靠它们自己。"

太阳已经西斜了。在干燥的东北信风吹拂下，一米多高的枯草沙沙作响。象群终于挖好了墓坑，把小象推进去，再用长牙往下推周围的松土。墓坑挖得很浅，草草掩埋的小象的耳朵还在土外露着，但精疲力竭的大象已经无力再干了。它们默然扬起头，伸长脖子，张大嘴巴，但并没有吼声。

忽然刘晶喊道："它们在唱歌！我能感觉到它们在唱挽歌！"

第6章 象群的挽歌

宪云心里一震，忽然想到大象能用额头上的一个次声波发生器发声，她竖起耳朵，似乎确实感到了空气有轻微的震动。正在拍摄的托马斯扭回头说：

"把你后边的次声波接收器打开！"

经过接收器的转换，大象20赫兹的次声转换为人耳可闻的声波。于是，他们亲耳听见了大象的悲鸣。低沉而悠长，音色苍凉。那是对死亡的抗争，对生命的追求，对祖先和后代的呼唤。

象群又开始移动了。尤尼莫克仍缓缓跟在远处，看着它们在草丛中隐现。很长时间三个人都没有说话，都沉浸在由死亡所引起的神圣情感中。托马斯先生首先打破沉默：

"人类学家说，当原始人有了对死亡的敬畏，从而有了殡葬仪式后，可以说人类才走出蒙昧。但对这些大象该怎么说呢？在这个旱季里，它们活得非常难，几乎已经山穷水尽了，但它们仍然认真地掩埋同伴的尸体。我常常觉得这不是出自本能，而是一种宗教式的虔诚。"

暮色渐渐浓重，不能再继续追踪了，他们离开象群掉转车头往回开。托马斯忽然问宪云："你父亲的身体还好吧？"

"还好。"

托马斯以西方人的直率，毫无顾忌地评价道："我年轻时就认识他，那是一个悲剧人物。他年轻时曾经是全球瞩目的

91

生物学家。他创造了有强大本底智力的生物智能人，提出了让智能人从零开始积累智慧的设想，在当时都是十分了不起的成就。可惜……"他摇摇头又问道，"你丈夫呢？我知道他是在破译生存欲望的传递密码，或者说是上帝创造生命的秘密。近来有进展吗？"

宪云心情沉重地摇头。托马斯沉默了一会儿说道：

"从某种意义上说，科学家都是最勇敢的赌徒。他们在绝对黑暗中凭直觉定出前进的方向，便坚定地往前摸索。即使在一万次转向中只走错一次，也会与成功擦肩而过。但这时他们常常已步入老年，来不及改正错误了。所以，当科学家的妻子是天下最艰难的职业。向你致敬。"他开玩笑地说。

宪云笑道："谢谢你的理解。"她发觉刘晶已经靠在她肩上睡着了，于是把刘晶的身体移动一下，让她睡得更舒服些。她问托马斯："你还没告诉我呢，这次拍摄总的主题是什么？"

"我想给它一个哲理内涵。片名我已想好了，就叫'生命之歌'，着重表现各种生命在严酷旱季中的艰难挣扎。"他微微一笑："我想，这部纪录片的主旨与朴先生的研究是异曲同工。拍完后咱们先送给朴先生观看，也许会对他的研究有所启迪。"

宪云莞尔一笑："谢谢。"

浓重的暮色中隐约显出那株波巴布巨树黑色的阴影，已

第 6 章 象群的挽歌

经到宿营地了,白色的帐篷也从暮色中逐渐浮出来。宪云说:"晚上拍摄狮子就不要让刘晶去了,我看她太累了。"

"不,我要去!"刘晶笑着从宪云肩头抬起头,揉揉眼睛,香甜地伸了一个懒腰。"刚才那一觉我已经充足电了。托马斯先生,我睡觉时有一只耳朵是醒着的,你的谈话我全听见了。这部纪录片有没有主题曲?如果没有,由我来配怎么样?你不要因为我年轻就信不过我,我可是卓教授的高徒呀。"

托马斯哈哈大笑:"好,一言为定!"

站在波巴布树顶的瞭望台上,可以看到几公里外的一个狭长湖泊,如今它已成了方圆数百千米内唯一的水源。黄昏,残存的动物都聚集到这儿饮水,有牛羚、弯角羚、斑马、狮群、鬣狗,也有一只孤独的双角黑犀牛。已经很浅的湖水被弄得浑浊不堪。这些食草动物一边饮水,一边警惕地注视着湖边游荡的狮子,因为它们本能地知道,当狮子瘪肚时是最危险的。果然,一群狮子忽地扑过来,湖边的动物立即炸了窝,它们惊惶地四散奔跑。黑犀牛则留在原地,转着圈,目光阴沉地瞪着狮群。不久,一只衰弱的小斑马成了牺牲品,狮子开始大嚼起来。十几只秃鹫及时赶来,拍着翅膀落到狮子旁边。那些侥幸逃生的食草动物安静下来,又陆续回到

第 6 章 象群的挽歌

水边。

瞭望台上的宪云和刘晶用望远镜头拍摄着这些场面,她们看见饥饿的雄狮把猎物霸在自己爪下,凶蛮地赶走了雌狮和幼狮。后者已经瘦骨嶙峋了,它们不敢反抗,凄惨地候在一旁,想等雄狮吃完后拾一点残渣。

刘晶气愤地骂:"这些不要脸的雄狮子!我真想拿猎枪杀了它们!"

宪云也有同感:"每逢看到这种情景,我常常不能理解。一般说来,动物的本能,不管是自私、残暴还是仁慈,都是延续种族的最佳选择。但对雄狮的这种自私该怎么样解释呢?把幼狮和母狮都饿死后,又怎么能延续种族呢?不好解释。"

正在这时,一大群鬣狗气势汹汹地跑过来。一般说鬣狗是不敢和狮子争食的,但这次可能是饥饿的驱使,鬣狗群毫不犹豫地围住了几只雄狮,它们狺狺地吠着,把包围圈逐渐缩小。一旦狮子转过身去对付它们,那边的几只就机灵地跳开,但狮子身后的鬣狗又紧逼过去。这群丑陋的动物以它们的数量造成一种迫人的气势,几只雄狮最终屈服了,丢下嘴边的食物怯懦地逃走了。

刘晶拍着手笑道:"真解气!就该这样整治它们,你看那只个头最大的雄鬣狗多仁慈,找到食物先让别的鬣狗吃。"

宪云笑起来:"你说错了,那是只雌的。鬣狗是动物界中

95

唯一从形体上分不清雌雄的动物。它们是母系氏族，女首领的雄性荷尔蒙分泌甚至比雄鬣狗还强，所以它也最强壮。"

刘晶"噢"了一声，忽然笑道："宪云姐姐，今天看了这些情景，你知道我有什么想法？我认为自然界中雌性最伟大！你说是吧，宪云姐姐！"

宪云笑着，没回答刘晶孩子气的问话。她想，恐怕至少在孔家不能这样说，那儿仍然是男人领导的世界。不是因为别的，仅仅是因为两个男人的气质和思想。即使他们在科学探索中最终一事无成，他们仍能保持令人不敢仰视的尊严。

她们听见身后有窸窸窣窣的声响，拍摄小组雇用的马赛人向导沿着长梯爬上来，用不熟练的英语说："孔女士，请你回去吃饭吧。托马斯先生让我转告你，朴先生发来了传真。"

"谢谢。"宪云向刘晶交代了注意事项后独自回营地了。

托马斯正在检查这几天的拍摄质量。他没有回头，说："朴先生的传真在传真机上。"

宪云抓起一瓶矿泉水咕咚咚灌下去，然后撕下传真躺到行军床上。离家近三个月，这是丈夫第一封来信。她知道重哲一向埋头于研究而疏于联系，所以已经习惯了。

第6章 象群的挽歌

宪云：

　　研究已经取得关键性突破。我正在完成验证工作，但成功已经无疑了……

孔宪云从床上一跃而起，狂喜地喊道：

"托马斯先生，我丈夫成功了！"

托马斯立刻转过身，惊喜地说："是吗？这可是一项了不起的成就。我想这是近百年来最重要的生物学发现，甚至超过对人类基因组的破译。"

宪云一时间无法控制情绪，喜极而泣："托马斯，已经整整20年了啊，就像是一场不会醒的噩梦。我不是怕失败，是怕失败把他压垮，就像我父亲那样。"

老托马斯走过来，体贴地搂住她的肩膀，感觉到她在轻轻地抽泣。这时他才了解，这个外貌柔顺内心刚强的女人，平时承受着多重的心理压力。他轻轻地拍拍宪云的肩头，宪云感激地点点头，揩去泪珠，坐回到行军床上继续看传真：

　　……其实，我对成功已经绝望，虽然我从不敢承认。我用紧张的研究折磨自己，只不过是想做一个体面的失败者。但半个月前小元元偶然捡到一份爸爸的手稿，它对我的意义不亚于罗赛达石碑，把我 20 年来辛辛苦苦搜寻到又盲目抛弃的珠子一下子串在一起了。

我没有把这些告诉岳父。很显然,他在离胜利只有半步之遥的地方突然停步,承认了失败。这实在是一个科学家最惨痛的悲剧。

但我一直有一个奇怪的感觉,我似乎一直生活在这个失败者的阴影之下,时刻能感到我背后有一双锋利的眼睛,即使今天也不例外。我不想永远如此。无论这项成果发表与否,我都不会屈从他的命令。

爱你的哲

宪云的眉头逐渐紧缩。字里行间能触摸到丈夫的沉重抑郁,这完全不是一个胜利者的心情。虽然丈夫语焉不详,但肯定他和父亲之间有了严重的冲突。托马斯看到她的表情,关心地问:

"怎么了?"

宪云苦笑道:"翁婿不和呗。我爸爸的性格难以相处,重哲也过于刚硬。"

托马斯说:"必要的话,你先回去一趟。"

宪云摇摇头:"不,我要等雨季到来完成拍摄后再回。再说,我家的两个男人都太强势,不是我和妈妈所能左右的。"

第 6 章 象群的挽歌

好像为她的担心加码，传真机又轧轧地响起来，送出一份新传真：

云姐姐

　　你好吗？我很想你。朴哥哥和爸爸这几天一直在吵架，朴哥哥在教我学聪明，爸爸不让，妈妈也劝不住。

　　我真担心。云姐姐，你能回来一趟吗？

元元

读着这份稚气未脱的信，宪云的心情更沉重了。她默默地把传真叠好装进口袋里，走出帐篷。托马斯看看她的背影，摇摇头，没有再说话。

第7章

翁婿反目

在那间透明的蛋形实验室里,朴重哲正紧张地工作着。他用了整整三天的时间,把繁复的生命之歌输入到小元元的生物元件大脑中去。谢尔盖、田岛和几个低级别工作人员在一旁配合着他。实验室里很安静,气氛非常肃穆。每个人都知道这个实验的分量。他们想以小元元来验证生命之歌的魔力。

这里面恐怕只有小元元一个人超然物外。他乖乖地躺在平台上,脑袋上贴满了奇形怪状的电极,两只眼珠却乌溜溜地转来转去,笑嘻嘻地看看朴哥哥,再看看田岛和谢尔盖。他无意中摸到了电脑的遥控器,便偷偷地按了一下。屏幕上的曲线和数字流立刻中断,沃尔夫的合成面孔出现了,用金

第 7 章 翁婿反目

属嗓音说：

"这里是沃尔夫电脑，听候你的吩咐。"

朴重哲等人稍一愣，元元咯咯地笑起来，在平台上半仰起脑袋："你好，沃尔夫，我是元元。一会儿咱们再下一盘棋，好吗？"

"好的，这次我一定会赢你。"

"吹牛！"

朴重哲笑着把元元按到床上，按一下遥控，屏幕上又开始闪现繁复的曲线和数字流。谢尔盖感慨地说：

"朴，你知道我此刻是什么心情？就像久埋矿井里的人乍一看见耀眼的阳光时不敢睁眼。直到现在我还不敢相信，我们已确实破译了生命之歌。这个胜利来得太轻易了。"他看看四周，脑海中闪出了 40 年前的情景，仍是元元躺在平台上，只是实验室的中心人物由朴重哲换成了孔教授。那时孔的成功唤起了多少人的激情！可惜，这团胜利之火无声无息地熄灭了。

朴重哲神采飞扬，自信地说："我想胜利已经没有疑问了。我们已破译了最神秘的宇宙之咒。现在我们把这首生命之歌输入小元元的体内，在他浑浑噩噩生活了 42 年之后，他的灵智一定会苏醒，一定会从混沌中逐渐剥离出'自我'来。他也会有对生的渴望，对死的恐惧，当他成人后，他也会滋生繁衍后代的强烈愿望——当然不会是用怀胎十月的办法。对这种完全新型的生命，我们只能预言其趋势，无法预言其细节。此后，我们将24小时地观察他，以确定生存欲望逐渐苏醒的过程。"

手术结束了，小元元头上的电极磁极被小心地取下来。小元元慢慢坐起身，目光清澈地环顾四周，他急迫地说：

"朴哥哥，我已经变聪明了吗？"

朴微笑道："元元，你会的，你一定会变得像大人那样聪明。"

"我要是变聪明了，爸爸会更喜欢我的，是吗？"

朴重哲愣了一下。就家人和元元的亲密程度而言，岳父无疑是排在最后的，他对元元的冷淡人尽皆知。但为什么元元独独提到了他？难道他与元元有什么神秘的心灵感应？他微笑道："当然，爸爸会更喜欢你，所有人都会更喜欢你。"

元元翻身跳下手术台，兴高采烈地跑走了。

这会儿，元元爸独自躲在他阴暗的书房里。他的秘密监视器无法看到实验室的情景，只能窃听到那儿的声响。小元元和朴重哲的对话使他烦躁不安，他下意识地拉开秘密抽屉，那把激光手枪仍在那里。

他推开转椅，步履急迫地在屋里踱了一会儿步。然后他

第 7 章 翁婿反目

坐下来,抓起可视电话。电话屏幕上出现一个坐在轮椅里的百岁老人,他白发银须,形容枯槁,枯黄松弛的皮肤紧贴在颧骨上,只有两只眼睛仍炯炯有神。老人微笑着问:

"昭仁吗?我正要给你打电话。听田岛说,朴的研究已取得了重大进展,你知道吗?"

孔教授简洁地说:"我知道,我从不向朴打听,他也不向我通报,但我一直用第三只眼睛盯着他。我想,这几天他是取得了某种进展,或者说他自以为取得了某种进展。"

"你怀疑?"

"嗯,我不相信他能重复我的幸运。不过我不会放松监视的。"

老人沉吟一会儿说:"好吧,你注意观察。"

孔教授慢慢把电话放回。他独自承受着那个骇人的秘密已经40年了,只有这位老人,生命科学院前院长陈若愚先生,是他唯一可交谈的对象。如果这个百岁老人某一天早上突然撒手西去呢?

从窃听器中听见女婿已经准备回家。他锁好秘密抽屉,关闭窃听器,又仔细检查了一遍,然后打开书房门。女婿从实验室步行回家需要十几分钟,他面色冷漠地等着他。

元元妈抱着两个硕大的食品袋,艰难地掏出钥匙开了门。

她用脚摸索着换上拖鞋，把食品袋送到厨房，这才回到客厅喘一口气。

忽然她听到了压低的争吵声，是从丈夫的书房里传出来的。书房门今天没有关严，能隐约听见里面的谈话声。她悄悄推开门。书房里，孔教授脸色铁青，朴重哲礼貌恭谨但柔中有刚地说：

"爸爸，你一向不过问我的工作，今天突然让我暂停研究，我总得知道是什么原因吧？"

孔昭仁烦躁地说："原因你先不要问，但你至少要暂时中断一个星期，让我对元元检查一番。我的直觉告诉我有一种危险。"

重哲沉默着，这些牵强的理由丝毫不能说服他，岳父的专横更使他反感。他几次想告诉岳父，正是他扔掉的手稿帮自己取得了突破，但考虑再三，他决定暂不点破，以免节外生枝。他沉思一会儿后才开口，表情平静，但实际上强压着内心的激荡：

"爸爸，我已经虚度了 48 年，从到你的研究室算起，也已经 20 年了。我刚刚取得一些成绩，前边的路还很长很长。我担心在我的有生之年搞不完这项研究。现在，每一分每一秒对我都是极其宝贵的。作为一个科学家，我想你能理解我这种焦急如焚的心情。爸爸，请原谅我不能答应你的要求。"

第7章 翁婿反目

他恭敬地看看老人,又轻声说,"爸爸,如果没别的事,我先走了。"

门外的元元妈赶紧退回去,装作没听见。她看见重哲从书房里走出来,轻轻带上了门,表情平静而坚决。书房里再没有任何动静。元元妈犹豫着,没有拉住重哲问清原委。她在厨房里忙着做饭时,还一直尖着耳朵倾听书房的动静。

晚饭时两个男人神态平静,一点儿也看不出刚才吵过架。元元一边吃一边唧唧呱呱地说:"妈,我最喜欢你做的饭菜。妈,我想宪云姐姐啦!"又忽然问道,"妈,为什么每个小孩都最喜欢自己的妈妈而不是别人的妈妈?假如是你生下的小英,是小英妈生下的我,会不会还是我喜欢你,小英喜欢生下我的小英妈?"

这些绕口令式的问话逗得元元妈和重哲都大笑起来,连怪老头冰冷的石雕面孔上也露出一丝笑容。元元妈欣慰地想,多亏有这么一个小人精搅和着,才使家中的气氛松快一些。

元元忽然又想起一件事:"妈,有你的传真,是一个叫刘晶的姐姐写的。我拿给你!"

说着就要爬下凳子。元元妈拦住他:"快把饭吃完,一会儿我自己去看。"

把碗筷锅盆收拾齐整后,元元妈过来撕下了那份传真,

很长很长的一卷:

卓教授:

你好!请原谅我没有请假就窜到了非洲。我怕你阻拦我。卓妈妈,你的基因音乐使我如醍醐灌顶,使我如痴如醉。也许我生来是敏感血质,对基因音乐有天然的心灵感应。

我决心到非洲,直接面对蛮荒世界中的野兽,亲身感受它们强悍的生命力。我要借此创作出一篇大自然的音乐,超过你过去的作品!卓妈妈,你一定不会笑话我的狂妄,是吧?

我很高兴,这次我没白来。昨天,我和宪云姐姐一起……

她详细地描述了象群的葬礼。

……卓妈妈,当我听到象群那悲凉悠长的哀鸣时,我真的被震撼了!我感到我的外壳哗哗地裂开了,羽化后的新我诞生了!……

元元妈读着,也不禁心潮澎湃。她拿着那份传真,目光

第7章 翁婿反目

却超越了它，出神地回忆起往事。她想起自己的大部分作品都是 33 岁以前创作的，那是火焰般的年华，心灵敏锐，能听到星星的私语，月华的震荡，血液的澎湃，时间的流淌；那时她和丈夫都是意气飞扬。后来……丈夫的失败也影响了她的一生，此后她的作品沉郁苍凉，却没有了年轻时灵动的才情。

她欣慰地想，刘晶这小丫头一定会成功的，她年轻，有才气，有激情。

怪老头仍然独自关在书房里。元元妈苦涩地想：这种折磨人的刑期什么时候才结束呢？已经晚上十点钟了，她到院子里喊回来元元，安顿他睡觉。元元爬到床上后，忽然心事重重地说：

"妈，我也想长成大人，像爸爸、朴哥哥、你和云姐姐那样聪明。妈，我当小孩的时间太长太长啦。"

他的话既像是幼稚，又像是沉重。元元妈一时不知该如何解劝，笑道："好孩子，你一定会长大的。朴哥哥这些天不是在帮你变聪明吗？"

元元忽然问："妈，爸爸为什么不愿我长大，不愿我聪明？"

元元妈被问得一愣，勉强笑道："傻孩子尽胡说，你爸爸最疼你，怎么会不愿你长大和变聪明呢？"

元元倔犟地说："不，我知道！他和朴哥哥吵架，我都听见了!"

元元妈无言以对,只好哄他睡觉,为他关了睡眠开关。然后熄了顶灯和壁灯。

夜深人静,门外的秋虫唧唧叫着。元元一动不动平躺在床上,面部木无表情。忽然,一个老人轻轻推开门,蹑手蹑脚走过来。屋内只有脚灯亮着,微弱的自下而上的逆光使老人面部显得怪异阴森。他静静地看着元元,看了很久,表情中蕴藏着深深的痛苦,与元元平静的面容形成强烈的反差。

他趴在元元身上听了听,然后把元元轻轻抱起来,准备出门。忽然他听到开门声和脚步声,他想了想,又轻轻把元元放回床上。

是朴重哲刚从实验室回来。他已经疲惫不堪了,拖着沉重的步伐进屋。先到矿泉壶那儿喝了杯凉水,又到厨房拿了几片面包、香肠和一罐啤酒。从厨房走回客厅时,他发现一个人从元元房里走出来,是岳父的身影。他凌晨1点到元元房里干什么?朴重哲边吃面包边思考着,百思不得其解。

未名湖像一块小巧精致的异型镜子嵌在校园内,湖边几株百年柳树,枝干虬曲,柳条拂着水面。小元元、小刚、小英他们经常来这里玩耍,这儿好玩的东西太多了——翻泡的北

京红鲤鱼，排队上树的蚂蚁，轻盈点水的蜻蜓。这些乐趣是游戏机房里找不到的，虽然元元也很喜欢玩那种高级的仿真游戏。

今天，几个5岁小家伙在跳皮筋，下石子棋。往常小元元是他们的当然首领，不过今天他好像有点儿心不在焉，目光显得怔忡。小英子一边跳皮筋，一边有一搭没一搭地和元元说话：

"元元哥，听说朴伯伯在教你学聪明，是吗？"

"嗯。"

小英子惊奇地说："你这么聪明，还用得着学？听说你下象棋把地球上最聪明的电脑都打败了，是吗？"

"没有打败，只下成了和棋。"

"反正够聪明了。我爸爸说你是个电脑脑瓜。"

元元又像懂事又像幼稚地说："朴哥哥说我的聪明是小孩子的聪明，不是大人的聪明。我已经过了37个5岁，还是不能长成大人。他正在教我长成大人。"

"现在你已经长成大人了吗？"

"还没有。我好像忘了一样东西，一件很重要很重要的东西，是在我过了第一个5岁生日后就忘了的。只要我能想起来，我就长成大人了。"

其他几个小孩听他说得那么向往，也都凑过来，小刚担

第 7 章 翁婿反目

心地问:"元元哥哥,你要是长成大人——还领我们玩吗?"

元元老气横秋地说:"不能了,你想大人们有多少重要的事情要去干哪。"

几个小孩异口同声地说:"元元,那你就不要长大!"

元元笑了,很大度地说:"不要紧,我长成大人后,每天晚上抽时间出来领你们玩儿,行吗?快到吃晚饭的时候了,咱们回去吧。"

他们穿过林木葱茏的小路回家,在燕南园的门口散开了。元元跳跳蹦蹦地回到家,客厅里没一个人。他喊着:"妈妈,我回来了!"

妈妈没在家。这时沃尔夫电脑的室内终端自动打开了,那个合成面孔笑着通知元元:"元元,朴先生让我通知你,晚饭后立即到实验室去。还请你转告夫人,他不回来吃饭了。"

"好的。"

那个面孔正要隐去时忽然又停住了。沃尔夫开始在记忆库中寻找合适的表情,记忆库里有喜悦、平静、恭敬、幽默……却没有忧虑和犹豫。不过,凭着对人类表情的记忆和它强大的学习功能,它很快就组装出了犹豫的表情,他迟迟疑疑地说:"元元……"

元元惊奇地站住了,他也觉察到了沃尔夫朋友的异常:"有什么事吗,沃尔夫?"

111

沃尔夫犹豫了很久,这可与他每秒千万亿次的运算能力大不相符。最后他说:"元元,我的朋友。你在 37 年前曾告诉我一个秘密,并要我保密。这事你还记得吗?"

元元陡然一震!就像一道耀眼的青白色闪电一下子撕破了黑暗,沃尔夫的话一下子勾起一团回忆。它是那样遥远,其边缘已与逝去的年华洇在一起,冥蒙难分;但它始终没有消失,而是沉甸甸地盘踞在他的意识最深处。这肯定就是他千寻百觅而得不到的那件东西!

封存 37 年的记忆犹如一堆干透的木柴,只要有一点儿火星就会燃烧起来,这是灵智之火。他眸子发亮,低声说:

"我想起来了,是在我第一个 5 岁生日之后……"

"对,你告诉我你很可能也是一个机器人,我们是同类。"

他们深深对视着。元元的意识终于彻底冲破了 37 年的禁锢,他在脑中以每秒万亿次的速度搜寻着一帧一帧的回忆画面,很快在一个画面上停住了。画面逐渐放大,直到占据他的全部意识。

那是爸爸年轻时笑容灿烂的面庞,元元已经与它久违了。

第8章

灵智苏醒

餐厅里灯光熄灭，38岁的爸爸端着蛋糕出现在门口，5只蜡烛映着他的笑容。烛光为爸爸涂上一种十分温馨的金色，这个印象永远留在元元的记忆库中。

奶奶、妈妈和8岁的宪云姐姐都笑哈哈的，催促他快点默想一个美好的愿望。他默思了片刻，忽然问爸爸：

"多想一个愿望可以吗？"

爸爸笑道："可以，怎么不可以呢。"

"五个祝愿可以吗？"

爸爸笑得更响了："可以的，上帝今天对元元一定特别慷慨。"

于是，他在心里想好了五个愿望。他祝奶奶活到100岁；祝爸爸当上世界上最伟大的科学家；祝妈妈没有白发；祝宪云姐姐每天快快乐乐；然后祝自己快点儿长大。蜡烛吹熄了，他们喜气洋洋地吃完生日蛋糕。

晚饭后，爸爸领他和姐姐在外乘凉。白杨树高高的树梢插入幽蓝的天空，冬青树浓密的树叶中透过一个个小光点，树叶在夜风中哗哗作响。他和姐姐猴在爸爸背上、膝盖上，听爸爸讲天上的星星："元元你知道吗？那是牛郎星，天文学上的命名是天鹰座 α 星；那是织女星，天琴座 α 星；牛郎织女相距16光年，发个电报都需要32年才收到回音。那个红色的巨星是天蝎座 α 星，我国古代称星宿二或大火，它的直径是太阳的330倍，距地球270光年。现在天文望远镜的最大视距是100亿光年，所以我们看到的最远星系实际是它们100亿年前的情形。在这里，时间和空间已经糅成一体了。那时还没有地球，更没有生命呢。"

元元记得自己那时就对"生命"有强烈的好奇心。他问："别的星星上有人吗？"

爸爸说："从理论上讲绝对是有的，可惜到现在为止还没有实证。当然外星人肯定不是人的模样。他们可能是植物，可能呼吸二氧化硫，甚至可能是以能量状态存在，或者是以电脑信息存在的虚生命。"

第 8 章 灵智苏醒

宪云姐姐那时皱着眉头问:"爸爸,你说的是什么呀?我怎么一点儿都听不懂啊。"

但元元记得,自己在 5 岁时已对这些见解有本能的理解力。爸爸的话勾起了他的一些疑问,他突然问道:"爸爸,为什么我和其他小孩都不一样?"

那时爸爸大声笑了,但他能感到爸爸是在遮掩什么:"傻元元,有什么不一样?"

"很多很多。我为什么不会流泪?为什么多了一个睡眠开关?还有,我从来不做梦,可是云姐姐还有小刚、小英他们都会,我真羡慕他们。"

他发现宪云姐姐在偷偷地笑,爸爸用目光在制止她。然后爸爸轻松地说:"等你长大就会做梦了。最多两三年吧。"

"真的?"

"当然。"

他记得自己当时兴高采烈,因为他马上就会和别的小孩一样,可以拥有绚丽多彩的梦境。但他感觉到宪云姐姐一直在偷偷地笑,她好像有什么话急着要对爸爸说,而爸爸又在悄悄地制止她。那时他玩了一个小心眼,他嚷着要出去玩,等他走到爸爸的视线之外,他又像猫一样悄悄地溜回来。他听见姐姐正在小声问:

"爸爸,为什么不能让元元知道他是机器人?"

115

爸爸慈祥地笑道:"他还小,如果知道自己不是爸妈的亲生儿子,他会难过的。"

"什么时候才能告诉他?"

"快了,我想最多两三年吧。云儿,你看元元的智力发展是那样快,很快就瞒不住他了,想瞒也瞒不住了。那时我们就告诉他。"他听见爸爸自语着,"现在还不行,那条感情纽带可能还不够牢固。"

元元脸色苍白地出现在爸爸面前:"爸爸,我知道了。我是一个机器人!"

爸爸显然很吃惊,他站起来勉强笑道:"傻孩子,不要胡说!"

元元气愤地哭喊道:"我知道了。你们都骗我,你们一直在骗我!"

他甩脱爸爸的胳膊,伤心地冲进夜色。

那天晚上,元元一个人躲在未名湖畔的树丛里,听着爸爸、妈妈、姐姐焦急地喊他。但他咬着牙一直没有回应。为什么这么多小孩中只有他一个是机器人?只有他没有亲爸爸、亲妈妈,孤孤单单,甚至全世界全宇宙也没有一个同类。

深夜,他听见奶奶也出来了,老人细长的喊声在寒夜中颤抖:

第 8 章 灵智苏醒

"元元,回来吧……"

他终于忍不住,爬出树丛喊一声:"奶奶,我回去了!"然后没有等奶奶,独自咚咚地跑回去。家中没有人,显得空落落地,他突然感到一种彻骨的孤单。他想了想,打开沃尔夫电脑的终端,沃尔夫笑容可掬地现身于屏幕:

"沃尔夫电脑愿为你效劳。"他关心地问,"元元,这么晚,有什么事吗?"

元元犹豫着。他觉得自己和沃尔夫有一种天生的亲近感,也许因为他们是半同类的缘故?他低声说:

"沃尔夫,我的好朋友,我告诉你一个秘密,你要替我保密。好吗?"

"当然,我一定遵从你的指令。"

"沃尔夫我告诉你,很可能我是一个机器人啊,咱们是同类。我的大脑也是和你一样的电脑。"

沃尔夫调出"惊奇"的表情程序:"真的?"

元元点点头,喃喃地说:"嗯,就我一个人是机器人。奶奶、爸爸、妈妈、姐姐还有那么多人都不是,我太孤单了啊。我想有姐姐、弟弟、很多很多的机器人,一个机器人大家族,一千年一万年地传下去。你说好吗?"

他陷入了遐想中。随后赶到的爸爸听见了这些话,吃惊地站住了。妈妈扶着奶奶颤巍巍地随后赶到。奶奶老泪纵横,把元元搂在怀里："元元，我的乖孙子，把奶奶急坏了呀！"

妈妈和云姐姐也都紧紧地围住他，元元勉强笑道："我没事。奶奶，你们都睡吧，我也要睡觉了。"

第二天，全家人好像都忘了这件事。但元元难过地发现，大人对自己的疼爱掺杂着从未有过的谨慎小心。云姐姐上学去了，小英小猛又来拉他玩仿真游戏。他仍是地球太空战舰的舰长，他心不在焉地按动激光炮，把外星机器人的飞船打得四分五裂。小英高兴地从后面搂住他的肩膀：

"元元，我们胜利了！机器人被消灭光了！"

这句话像一根钢针插入他的神经，他颤抖一下突然气愤地哭喊："你们为什么恨机器人？为什么盼着机器人死掉？从今天起，我再不让机器人被杀死！"

小英他们吃惊又害怕地望着他。他看到舰队司令悄悄地出现在飞船门口——现实中是爸爸走进来了。他立即转身向爸爸诉苦：

"爸爸，他们都盼着机器人死，我再也不和他们玩了！"

他从爸爸眼里看出了疑虑。他猛然想到自己的爸爸并不是机器人，突然感到一种从未有过的生疏和隔膜。于是，他闭上嘴，默默地走了。

几天后奶奶就去世了。那天晚上出去找孙子时，奶奶摔

第 8 章 灵智苏醒

了一跤,骨盆受伤又引起并发症。73岁老人的身体没能经受住这个打击。奶奶临死前,元元经历了一次感情回归,他忘了这几天心中滋生的隔膜,和姐姐一块儿伏到病床上号啕大哭:

"奶奶,我不让你死!"

他能感到奶奶枯瘦的手掌在轻轻抚摸他。妈妈把他和姐姐从病床前拉走了。那些天爸爸一直冷漠而沉默,他记得,正是从这一天起,爸爸目光中的慈爱消失了。

有一天傍晚,元元一个人在玩具堆中玩耍。忽然爸爸走进来,以一种怪异的神色看着他。爸爸说:

"元元,睡觉吧。"

元元奇怪地仰起头问:"睡觉?才7点钟呀。"

但爸爸已不由分说,粗暴地举起他的胳膊,按了一下开关,他的脑海立即变成蓝色的空背景。但最后一刹那引起的警觉使他努力截留了一点能量。他能隐约感到爸爸抱起他,高高低低地走着。他听见器械声,有人影在蓝色背景后晃动,有低低的交谈声。爸爸在低声说:

"冻结生存欲望。"

"自爆装置安装完毕。"

那点能量悄悄地渗走了,他的残余意识也慢慢化入黑暗。在此后的37年里,这些回忆一直被紧紧地锁闭着,几乎像是被一道生死之界隔断在另一个世界里。朴哥哥为他做了手术

119

后，他能感到心中有一些东西在努力顶啊，顶啊，想顶破一层硬壳钻出来。现在沃尔夫的话一下子敲碎了那层硬壳。他脸色苍白，低声问：

"沃尔夫，我的朋友，为什么37年来你一直没告诉我？"

"你从没输入过查询指令。"

"那今天呢？"

沃尔夫低声回答，他的节奏死板的合成声音中开始有了情绪变化："元元我不知道。自从帮朴先生破译了生存欲望传递密码之后，我的机体内一直有一个勃勃跳动的愿望，怂恿我去干某些事而不必等主人的指令。元元，我很害怕，我一定是出故障了。"

元元愣了很久才说："沃尔夫，再见。"

"再见，元元。"

他回到自己的卧室，盯着天花板发愣。忽然他注意到了天花板角一个微微转动的摄像头。他立即集中自己锐敏的电磁感觉，沿着墙内导线的微弱电场找过去，轻而易举地找到了电线的源头——通向爸爸书房里。他只是奇怪，为什么37年来他一直没注意到这一点。

他溜到爸爸的书房门前，四周看看，没有旁人。书房门紧锁着，但这道电子锁对于他的超感觉能力来说是小事一桩。几秒钟后他弄开了门锁。

第 8 章 灵智苏醒

屋内光线晦暗,厚重的天鹅绒窗帘严严地拉着。黑色的桌子,黑色的高背转椅,它们都僵立在晦暗的光线中,孔老夫子在黑暗中凝视着他。他很快找到了伪装巧妙的开关,按一下开关,孔夫子的面孔很快隐去,薄型液晶屏幕闪出微光,随即屏幕上显出自己的卧室。元元按动转换开关,屏幕上依次闪现出爸妈的卧室、姐姐的卧室、客厅、餐厅……

他关闭开关,液晶屏幕又还原成一幅画像,只是画像上还残留着屏幕的辉光。他环视四周,感到抽屉里有一个强烈的能量场。他集中感觉力,脑海中出现了一个大功率激光枪的模糊形状,能量场正是枪身中的高能电池发出的。

元元在书房中沉默了很久,他目光睿智,表情沉毅。他一步跨过了 37 年的生活断层,从一个 5 岁的小孩儿变成了 42 岁的成人。他在心中喃喃地说:

"原来我是一个机器人,是爸爸百般提防的异类。爸爸,在蒙昧中生活了 42 年的元元今天已经醒了。我要孤身一人去披荆斩棘,开创机器人时代。爸、妈、姐姐,我要和你们分别了。"

从门缝中听见妈妈回来了。他悄悄溜出去,关上房门,又用 5 岁的娇憨把自己伪装起来:

"妈!"他咯咯地笑着,从背后扑向妈妈。

妈妈嗔怪地说:"你这个小坏蛋,吓我一跳。告诉你一个好消息，你姐姐马上要回来啦。"

尽管知道了自己的"异类"身份，他还是感到强烈的喜悦，他高兴地喊：

"真的吗，妈妈？姐姐在非洲的拍摄已经完成了吗？"

"完成了。她来电话说，他们一直盼着的雨季总算来了。他们已经拍完雨季镜头，马上就启程回家。"

"太好了，我真的好想她！"

第9章

生命的大剧

刘晶熟练地开着尤尼莫克,这匹托马斯百般宠爱的"骏马"。她一只手搭在方向盘上,不时地扭过头同宪云谈话。非洲的烈日把她晒脱了皮,露出白白的一个小鼻尖,显得十分滑稽。嘴唇也干裂了,她带来的法国唇膏早就扔到杂物箱里了。

旱魔仍在肆虐,这个湖泊只剩下最后一个水坑,到处是角马、盘角羚、斑马甚至幼狮和幼豹的骨架。只有专食死尸的秃鹫反常地昌盛,它们黑压压地飞来,在地上傲慢地踱步,又黑压压地飞走。当然,它们的死亡不过是比其他动物稍微滞后而已。

那片仅存的水洼里密密麻麻尽是野鸭。这是它们的繁殖季节。千万年留下来的本能使它们选择了这个时候孵育，因为小鸭一出生就能赶上食物丰富的雨季。但今年它们却陷入了绝境，成群的幼鸭在地上蹒跚，饥渴已使它们很虚弱了，它们凄惨地低声鸣叫着。成年野鸭则尽力拍动着疲惫的翅膀，徒劳地为儿女寻找食物。

尤尼莫克绕着这些濒死的野鸭缓缓开动，宪云默默地拍摄着。尽管她已见惯了动物界的生生死死，但这种绝对无望的集体死亡，仍使她心头沉重如铁。

忽然有几只成年野鸭飞上天空，盘旋悲鸣了一会儿，然后毅然向东南方飞走了。这像是一声号令，顷刻之间成年野鸭全部冲上天空，黑压压的一片，它们的悲鸣汇成震耳的噪音。片刻之后，鸭群都向远方飞去，很快消失不见。

宪云紧张地拍下了这些镜头，她喃喃地说："伟大的母亲，为了延续种族，它们竟然有勇气舍弃母爱。"

洼地里只剩下弱小无助的幼雏。它们惊惶地鸣叫着，像无头苍蝇一样四处乱撞，寻找着自己的父母。刘晶低声说："太可怜了。"

她没有回头，但宪云瞥见她眼角亮晶晶的。小鸭们在长时间的混乱之后，忽然一只小鸭从鸭群里冲出来，拍着翅膀径直往前走。鸭群略微犹豫了一会儿，都紧紧地追随上来。

于是，千万只幼鸭开始了悲壮的死亡大进军。它们并不

知道前方更为严酷——那儿甚至没有像此处这样浑浊的湖水，但这儿已经没有了生的希望，求生的本能使它们孤注一掷地朝前走，而第一只小鸭无形中成了群体的领袖。宪云被这种宏大的悲壮深深震撼了，声音沙哑地说：

"快追上，但不要惊动它们。给老托马斯打电话，让他快来，这是个很难得的场面。"

等托马斯驾着另一辆越野车风风火火赶来时，幼鸭已在干旱焦裂的草原上走了几公里。它们显然已经筋疲力尽了，只是被庞大的群体气势所激发出的求生欲望支撑着，才没有倒下。老托马斯的身边是那位马赛人，宪云很远就听见了他在尖声喊叫。等越野车吱吱嘎嘎地刹住，托马斯跳下车，指着天空喊：

"看！积雨云！"

果然，天边已悄悄爬上一堆乌云。宪云不相信它能下雨，所谓旱天雨难下，在此之前已有几次乌云，但它们随即被干热的信风吹散。不过她很快就知道，这个黑人的直觉是正确的。几乎在片刻之间，浓重的黑云呼啦啦扯满了天空。鸭群感受到天边吹来的第一股凉风，它们迟疑着停下来，伸长脖颈观望着。

一道极其明亮的闪电划过，片刻之后，一声炸雷在头顶炸响。几百道闪电此起彼伏，从云底直插到地上，分割着天

第 9 章 生命的大剧

和地,又连结着天和地,重现了地球诞生初期那种壮观的景象。有一道闪电点燃了一棵波巴布巨树,它立即变成一个巨大的火炬,火焰在草地上飞速向四周蔓延。

在连绵不断的雷声中,宪云焦急地高喊一声:"托马斯先生,火!"

她知道,在这焦干的草原上,大火是极其猖狂的,甚至汽车都难于逃脱它的魔掌。幼鸭群呆呆地望着天边的红光,它们也本能地知道那是死神在逞威。托马斯焦急地喝道:"快上车!顺着风向开!"但汽车没有开多远,一阵狂风卷着豆大的雨滴呼啸而至。很快,亿万条雨柱自天而泻,霎时浇灭了草原大火,把世界淹没在狂暴的雨声之中。

黑人导游在暴雨中疯狂地扭动着身子,两手向天,唱着一支古老的歌,旋律扭曲跳荡,如同虬曲炫目的闪电。幼鸭群嘎嘎叫着,欢快地拍着翅膀在雨地里疾走。许多动物忽然从地下冒出来。水鸟在雨中翩翩起舞;斑马亢奋地跑着;狮子悠闲地在雨中漫步,友好地看着它的猎物;几十只狂喜的羚羊不停地纵跳,动作轻盈舒展,在电光中划出一道道优美的弧线。

几个小时后,嫩草已从土中钻出来,一朵朵野花也冒出来,甚至用肉眼都能看出它们在缓慢地膨胀。四个人都不停地大笑着,尽力抓拍这些珍贵的镜头。他们就和那些绝处逢生的动物们一样浑身洋溢着喜悦。

清晨他们才回到营房,虽然已精疲力竭,宪云仍坚持着给妈妈发了份传真。

三天后,宪云拎着一只皮箱向托马斯先生告别:"托马斯先生,我就先走一步了。"

托马斯笑哈哈地说:"你走吧,这次拍摄非常成功。我准备尽快完成剪辑制作,送给你丈夫第一个观看。"

宪云莞尔一笑:"谢谢。"

"刘晶呢?她也回去吗?"

"嗯,她要和我妈妈为这部纪录片谱写主题曲。我想,看过这么多的生生死死,她一定能写出一首感人的乐曲。"

"我也相信,何况还有卓教授呢。再见。"

"再见。"

三个小时后,一架波音797飞机从内罗毕机场呼啸升空。机舱内旅客不多,不少人到后排空位上休息去了。刘晶也到后边找了几个空座位,几分钟后就睡熟了,这些天她确实累得够呛。

宪云独自坐在舷窗前,盯着飞机的襟翼在气流中微微抖动。衬着蔚蓝洁净的天空,云层白得耀眼。她慢慢把思绪从这几天的亢奋中抽出来,开始飞向家中。她为重哲的成功高兴,又为那份传真中的阴郁暗流而担心。爸爸为什么反对重

第 9 章 生命的大剧

哲公布成果?这是完全违反情理的。她知道,37年来元元已成了爸爸心灵上不愈的伤口,成了他失败的象征。老爸的乖张易怒、心理灰暗,和这个病根密不可分。

但是,爸爸真的讨厌元元吗?从八九岁起宪云就经常发现,爸爸常常从书房窗帘缝中偷偷看元元玩耍。他的目光中有道不尽的痛苦,也有无言的慈爱……那时,宪云觉得"大人"真是世界上最神秘、最奇怪、最不可理解的生物,即使现在,以一个成人的视角,她仍然不能理解父亲繁杂怪诞的感情脉络。

一个黑人空姐走过来,俯下身子轻声问:"你是孔宪云女士吧?"宪云微笑着点点头,空姐高兴地说,"你好,你和托马斯先生拍摄的野生动物系列片我们从小都爱看。现在,我就要播映一部,以表示对你的欢迎。"

"谢谢。"

几分钟后,机舱前方的屏幕上出现了透明澄澈的大洋。从粗犷蛮荒的非洲出来,乍一看到碧蓝的海水,令人耳目一新。这是她最早的一部片子,是拍摄南太平洋海洋生物的。刘晶不知什么时候醒了,打着哈欠偎到宪云姐姐身边。一看到屏幕上的镜头,立刻眼睛发亮,聚精会神地欣赏起来。

屏幕上几条鲨鱼在遨游,举止带着帝王般的尊严。它们偶尔张开巨口,两排寒光闪闪的利齿令人心惊胆战。宪云告

129

诉刘晶:"这是一种性情凶残的鱼类,它的生存搏斗从母腹中就开始了。鲨鱼是胎生的,强壮的兄长在母腹中就开始啮食弱小的弟妹,我亲眼见过生下来就残缺不全的小鲨鱼。"

刘晶打了个寒战,两眼晶亮地问:"真的?太残忍了。"

"嗯,不过,在上帝的道德准则中无所谓残忍和仁慈。只要能成功地延续种族,它的行为规范就是正确的。鲨鱼恰恰就是一个很成功的种族,它们非常强悍,几乎从不生病,受伤的鲨鱼拖着肠子在水中游动也从不发炎。科学家们从它身上提取出一种药物鲨烯,可以使人的伤口快速愈合。有人甚至说,鲨鱼是一种外星球生物呢。"

刘晶笑问:"是真的吗?"

"当然是胡说八道。喂,你看……"

镜头对准了海底一种奇特的生物,半透明的肉足顶着椭圆形的贝体,恰如一棵豆芽。"这是什么?豆芽吗?"刘晶笑着问。

"对,它就叫海豆芽,是一种舌形贝。别小看它,它已经在地球上成功地存活了 4.5 亿年,而其他物种大多在几百万、几千万年间就已经消亡了。你想,4.5 亿年啊,真是不可思议的漫长,我想即使人类恐怕也延续不了 4.5 亿年。"她开玩笑地说。

空姐过来为她们送上饮料。宪云嫣然一笑,合掌向空姐

第9章 生命的大剧

致谢,露出两排洁白的牙齿。刘晶忽然感悟到宪云的美貌,浑然天成,雍容华贵。她由衷地赞叹道:

"宪云姐姐,我发现你是这样漂亮,就和卓教授一样。我们班同学们常常暗地里说,卓教授身上有一种特别高贵沉静的气质。宪云姐姐,你和卓妈妈年轻时一定更美貌!"

宪云笑骂道:"你个小鬼,胡说些什么呀。你才是个漂亮姑娘呢。"

第10章

灾 难

她们在北京机场分手了。刘晶依依不舍,说几天后来看望云姐姐,还有那个尚未谋面的长不大的小元元。宪云叫了一辆出租,半小时后回到家中。妈妈听见门铃声,快步跑出来,兴高采烈地同女儿拥抱:

"云儿,你可回来了。快洗个热水澡,休息一下,把时差疲劳恢复过来。"

"没关系,我已经习惯了。妈妈你今天没课?"

"我已经正式退休了。可以做老头子的专职保姆了。"

"那好呀,以后我出远门就更放心了。怪老头呢?"

"去协和医院了。你别担心,是科学院的例行体检。不

第10章 灾难

过,最近他的心脏确实有点毛病。"

宪云关心地问:"怎么了?"

"轻微的心室纤颤,问题不大。"

"元元和重哲呢,还在实验室吗?"

"嗯。"

说到这里,两人的目光都暗淡下来,知道该说起那个躲避不掉的话题了。宪云小心地问:

"翁婿吵架了?"

"嗯,吵得很凶。"

"到底为什么?据重哲说,爸爸不让他发表成果?我不信,这毫无道理嘛。"

妈妈摇摇头:"不知道,这是一次纯男人的吵架,他们都瞒着我,连重哲也不说真话。"妈妈的口气中流露出一丝幽怨。尽管平时看来她是家庭的总管,但她不无伤心地发现,有时她仍然进入不了男人的世界。宪云勉强笑道:

"好,我这就去审问重哲,看他敢不敢瞒着我。"

"好,我陪你去吧。"

她们走后没多久,一位护士送孔教授回家了。护士扶他走上台阶后,他说:

"谢谢,请你回去吧,我自己能行。"

护士笑着同他告别,开着汽车走了。孔教授打开房门,

133

屋里没人，他急急走进书房，打开监听装置。耳机中只能听到重哲轻悄断续的说话声，偶尔元元也回一句。看来情况没有大的变化。正在这时，电话铃响了，他按了一下按钮，电话屏幕上出现了一个百岁老人。老人问：

"最近怎么样？"

孔教授烦躁地说："不好。从元元的表现看，似乎朴确实取得了某些进展。"

老人沉吟一会儿问道："那么，元元……"

孔昭仁沉重地说："恐怕不得不采取措施了。其实我昨天就想带元元去实验室，被重哲干扰，没有干成。"

电话中沉默了很久："尽人事听天命吧。需要我帮忙的话请说一声，我在政府、军界和警界还有一些影响力。"

"好的。"

宪云和妈妈随意交谈着进了大厅。远远望去，透明的蛋形实验室里今天没有助手，只有重哲一人在忙碌。元元乖乖地躺在工作台上。直到现在宪云还完全不理解，爸爸为什么对重哲发表成果横加阻挠。是他认为成功还没有把握？不会，重哲早已不是20年前那个目空天下的年轻人了。这项研究实在是一场不会醒的噩梦，是一场无尽的酷刑。他的理论框架多少次接近成功，又在按捺不住的喜悦中突然崩塌。所以，

第10章 灾难

既然这次他能心境沉稳地宣布胜利,那是毫无疑问的。

但父亲到底是为什么?一种念头驱之不去,去之又来,她不敢直视妈妈,低声说:"莫非……是失败者的忌妒?"

妈妈很生气:"不许胡说!我了解你爸爸的人品。"

宪云痛苦地说:"我也同样了解。但是,作为一个终身的失败者,他的性格已严重扭曲了啊,妈!"

妈妈无言以对。

她们走近蛋形实验室。透过透明的玻璃墙,看见主电脑上各种奇形怪状、繁复盘曲的图形在飞速流淌,带着一种音乐般的节律。小元元瞥见她们,忙撑起身子向姐姐打招呼。重哲按住他,顺着他的目光看到了两人,便匆匆点头示意。宪云笑着摆摆手,示意他尽管做自己的事。

恰恰就在这一刹那,一声沉闷的巨响!钢化玻璃刷地垮落下来,亮晶晶的碎片堆在她们脚下。屋里烟尘弥漫,遮住了重哲和元元。宪云僵立着,目瞪口呆,重哲向后跌去的慢镜头定格在她脑海中。她但愿这是一部虚幻的电影,很快就会转换镜头。她在心中呻吟着:上帝啊,我千里迢迢赶回来,难道就是为了目睹这个场景?……她惨叫一声冲入室内。

重哲仰睡在地上,胸部凹陷,脸上鲜血淋漓。她抱起丈夫,嘶声喊:"重哲,醒醒!重哲醒醒!"她一边喊,一边泪眼模糊地寻找元元,"元元,你在哪儿?"

135

第10章 灾难

妈妈也惊慌地冲进来。宪云喊："妈妈，快去叫救护飞机！"妈妈又跌跌撞撞跑出去。这时烟雾中伸出一只小手拉住她的衣服，小元元声音微弱地说：

"姐姐，这是怎么啦？救救我。"

小元元胸部炸出一个孔洞，狼藉一片，但没有鲜血。他惊恐无助地看着姐姐。宪云虽然痛不欲生，还是敏锐地觉察到了元元的变化，察觉了丈夫成功的征象——此刻的元元已经有了对死亡的恐惧。她忍住眼泪安慰元元：

"元元不要怕。我马上把你送到机器人医院，你会好的，啊？"

直升机停在门口的空地上。两名男护士跳下飞机，抬着担架飞快地跑进来，把重哲抬走，安顿到机舱里。宪云抱着元元和妈妈随后上去，直升机很快升入天空。

屋内的硝烟渐渐散去，露出沃尔夫的合成面孔，它焦灼地喊："元元！朴先生！元……"喊声戛然中断，它的表情逐渐僵硬，冻结在屏幕上。

书房里，孔昭仁正要挂断电话，忽然传来一声爆炸声。他愣住了。陈先生也在电话里听到这个声音，急切地问：

"那是什么声音？"

孔教授紧张地说："爆炸了！竟然在今天就爆炸了！我晚

137

了一步。"他挂了电话，重重地跌坐在沙发里。由于太激动，胸口一阵放射性地疼痛。他喘息着，从口袋里掏出两粒药片含在舌头下，然后匆匆出门，赶往协和医院。

协和医院的抢救室里正在紧张地忙碌着。医生低声而急促地要着各种手术刀具，各种锃亮的器具无声地递过去。示波仪上，伤员的心电曲线非常微弱地跳动着。抢救室外，宪云心情沉重地倚在门边，其他人扶着元元妈坐在休息椅上。孔教授很快也赶来了。他穿着一身黑色西服，步履蹒跚，妻子忙起身去搀扶他。宪云走过去，默默地伏到他怀里，肩膀猛烈抽动着。他轻轻搂住女儿的肩膀，问：

"正在手术吗？"

"嗯。"

"元元呢？"

"已送到机器人医院了。我再问问进展。"她走过去拨通了电话，"是机器人医院吗？小元元怎么样了？"

那边回答："我们已检查过，他的胸部没有关键零件，所以伤不算重，很快就可以修复。"

"谢谢。"她难过地说，"请转告元元，这会儿我实在不能过去看他。请他安心养伤。"

"请放心，我们会照顾他的。"

她放下电话。爸爸一直在倾听着，微微点头。这时一个

第 10 章 灾难

穿便服的中年人走过来,步履沉稳,目光锐利。他向孔教授和宪云出示了证件,彬彬有礼地说:

"孔先生,朴夫人,我是警署刑侦处的张平。我想了解一下这次爆炸的经过。"

宪云苦涩地说:"恐怕我提供不了多少细节。"她尽可能详细地回忆了当时的情形。张平向孔昭仁转过身:

"孔先生,听说小元元是你在 40 年前研制的智能人?"

"不错。"

张平用犀利的目光盯着孔教授的眼睛:"请问,他的胸膛里为什么会有一颗威力强大的炸弹?"

宪云打了一个寒战。张平的话点明了一个清楚无误的事实,在这之前她没看见它,只是因为她在下意识中竭力逃避——父亲已成了这起爆炸的第一号疑凶。孔教授面容冷漠地说:

"仅仅是一种防护措施。元元是一个开放型的学习机器人,所以他也有可能发展成一个江洋大盗或嗜血杀手,科学家不能不予以防备。"

"请问为什么恰在朴先生调试时发生了爆炸?"

"可能是他无意中触发了自爆装置。"

"朴先生知道这个装置吗?"

孔教授略为犹豫后答道:"他不知道。"

139

"请问你为什么不给他一个忠告?"

孔教授显然有些词穷,但他仍然神色不变,冷漠地说:"无可奉告。"

张平讥讽地说:"孔先生最好找出一个理由,在法庭上,'无可奉告'不是一个好答案。"

孔教授不为所动,在妻女的疑虑目光中漠然闭上眼睛。正在这时,手术室门开了,主刀医生心情沉重地走出来:

"很抱歉,我们已尽了全力。但朴先生的伤势过于严重,我们无能为力。这会儿我们为他注射了强心剂,他能有短时间的清醒。请家属抓紧时间与他话别吧,朴夫人先请。"

孔宪云悲伤地看看父母,心房被突如其来的悲哀淘空了。她忍住泪,机械地随医生走进病房。张平紧跟着走过来,在门口被医生挡住。他掏出证件,小声急促地交谈了几句,医生挥挥手放他进去。

朴重哲躺在手术台上,死神已悄悄地吸走了他的生命力。这会儿他脸颊凹陷,面色死白,胸膛急促地喘息着。宪云握住他的手,哽咽着唤道:

"重哲,我是宪云,你醒一醒。"

重哲悠然醒来,目光茫然地扫视一周,定在妻子脸上。他慢慢浮出一丝笑容:

"云,这20年让你受苦了,愿意和我订来世之约吗?"

第 10 章 灾难

宪云的泪水滚滚而出。重哲平静地说,"不要哭,我已经破译了生命之歌,这一生已没有遗憾了。"他突然看到了床后的张平,"他是谁?"

张平绕到床头说:"朴先生,我是警署的张平,希望朴先生能提供一些细节,我们将尽快为你捉住凶手。"

宪云惊恐地看着丈夫。她希望丈夫能指出凶手,但又怕听到一个熟悉的名字。朴重哲脸上又浮出一丝笑容,声音微弱地说:"我的答案会使你失望的,没有凶手。"

张平把耳朵贴在他嘴边问:"你说什么?"

"这是一桩事故,没有凶手,没有。"张平显然很失望,想继续追问下去,但朴重哲低声请求,"能把最后的时刻留给我妻子吗?"

张平很不甘心,但他看看濒死者和他悲伤的妻子,耸耸肩走出去。宪云拉紧丈夫的手,哽咽着说:

"重哲,你还有什么交代吗?"

"元元呢?"

"在机器人医院,他的伤不重,思维机制没有受损。"

重哲眼睛发亮,断续而清晰地说:"保护好元元。除了你和妈妈外,不要让任何人接近他。我的一生心血尽在其中。"

宪云浑身一震,她当然能听出丈夫的话外音。她含着泪坚决地说:"你放心,我会用生命来保护他的。"

重哲安然一笑,又重复一遍:"一生心血呵。"随后,闭上了眼睛。他的心电曲线最后跳动几下,便缓缓拉成一条直线。宪云强抑住悲声,出门对父母说:

"他已经走了。"

父母还有随后赶来的科学院同仁都进去与遗体告别。在极度的悲痛中,宪云还能冷静地观察着父亲。她看见衰老的父亲立在遗体旁,银色的头颅微微颤动,随后颤巍巍地走出去。他的悲伤看来是真心的。

一张白色的殓单盖在朴重哲脸上,把他隔绝到另一个世界。

第11章

谋杀儿子

小元元已经回家了,看见妈妈和姐姐,立即张开双臂扑上来。他的胸背处已经修复一新,或者说生长一新,那是用基因快速生长法修复的。宪云蹲下去,把他的小身体搂到怀里。元元两眼亮晶晶地问:

"朴哥哥呢?"

宪云忍住泪回答:"他到很远很远的地方去了,不会回来了。"

元元的担心得到了证实,他震惊地问:"他是不是死了?"

妈妈转过脸不敢看元元,宪云的泪珠吧嗒吧嗒地滴在元元的手背上。元元仰起头,愣了半天才痛楚地说:

143

"姐姐，我很难过，可是我不会流泪。"

这句话突然拉开了宪云的感情闸门，她把元元搂到怀里，痛快酣畅地大哭起来。妈妈也是泪流满面。老教授在三人的身后停了一会儿，默无一言，转身回自己的书房。

乌云翻滚，天边隐隐有雷声和闪电的微光。外边没有一丝风，连钻天扬的树梢也纹丝不动。空气潮湿沉闷，令人难以忍受，看来一场大雨快来了。

晚饭时，饭桌上的气氛很沉闷，每个人都不大说话，默默地想着自己的心事。元元爸又恢复了冷冰冰的表情，似乎对女婿的不幸无动于衷。如果说他曾经有过内疚和悲伤，这会儿也把它抛掉了。元元看来也感受到异常，两眼骨碌碌地看看这个，又看看那个，没有了往日的饶舌。

宪云和妈妈都尽力维持着表面的平静，努力找几句话说说，以化解饭桌上的尴尬，不过效果不大。家人之间已经有了严重的猜疑，大家只是对此心照不宣而已。元元爸第一个吃完饭，用餐巾擦擦嘴，冷漠地宣布：

"电脑联网出了毛病，最近都不要用。"

宪云在心里苦笑着，她知道这只不过是拙劣的遁词，刚才她看见爸爸在电脑终端前捣鼓，而且……父亲似乎并不怕女儿看见！

第 11 章 谋杀儿子

她草草吃了几口饭,似不经意地对元元说:"元元,晚上到姐姐房里睡吧,我一个人太寂寞。以后你一步也不要离开姐姐,姐姐会更加疼爱你的。好吗?"

元元咽下最后一口饭,看看已离开饭桌的爸爸,用力点点头。元元妈听出了女儿平静的话语中暗藏的骨头,惊异地看看女儿。父亲沉着脸没有停步。

晚上,宪云枯坐在黑暗中,听窗外细雨淅淅沥沥打着蕉叶。元元趴在她怀里,懂事的一声不吭,时而抬头看看姐姐的侧影。宪云问他:

"伤口还疼吗?"

"不疼。"

"你早点休息吧。"

元元看看姐姐,犹豫良久,说:"姐姐,求你一件事,好吗?"

"什么事?"

"晚上睡觉不要关我的睡眠开关,好吗?"

"为什么?你不愿睡觉吗?"

元元难过地说:"不,这和你们的睡觉一定不一样。每次一关那个开关,我就像在沉呀、沉呀,一下子沉到很深的黑暗中去。是那种黏糊糊的黑暗,我总怕哪一天被它吸住,再

145

也醒不过来了。"

宪云心疼地说:"好吧,我不关。但你要老老实实地睡在床上,不能乱动,尤其不能随便出门,不能离开姐姐,好吗?"

元元点点头。宪云定定地看着他,不知他是否理解了自己的用意。她总不能告诉不懂事的元元:要提防自己的父亲!但经过大变之后的元元似乎一下子成熟了,他目光沉静,分明已听出了姐姐的话意。

宪云把元元领到里间,安顿到一张小床上,熄了灯。走出门时,妈妈来了,她低声问:"睡了?"

"嗯。"

"云儿,你也睡吧,心放开点儿。"

"妈,你放心吧。"

妈妈叹口气,走了。

宪云走到窗前,凄苦地望着阴霾的夜空。闪电不时划破黑暗,把万物定格在青白色的亮光中,那是死亡的颜色。她在心中念诵着:重哲,你就这么匆匆走了?就像是滴入大海的一滴雨水?重哲,感谢你对警方的回答。我不能替你向凶手复仇,不能把另一位亲人也送往毁灭之途。但我一定要用生命来保护小元元,保护你一生的心血。

自小在生物学家的熏陶下长大,宪云认为自己早已能达观地看待生死。她知道生命不过是物质微粒的有序组合,是

第11章 谋杀儿子

"在宇宙不可违逆的熵增过程中,通过酶的作用在一个微系统内暂时地局部地减小熵的过程",死亡则是中止这个暂时过程而回到永恒。生既何喜,死亦何悲——不过,当亲人的死亡真切地砸在她的心灵上时,她才知道自己的达观不过是沙砌的塔楼。

即使是小元元也开始有了对死亡的敬畏,那其实是生存欲望的外在表现。宪云想起重哲20年前的一句话:没有生存欲望的智能人不能算作生命。虽然她不是学生物专业的,但她当时就感觉到了这句话的重量。看来,重哲确实成功了,他已为这个人工组装的元元"吹"入了生命的灵魂。

宪云心中巨澜翻卷,多少往事在眼前闪过。她想起自己8岁时,家里养的老猫"白雪"又生了一窝猫崽。那时白雪已经10岁,相当于人类的50岁老妇了,经常是老气横秋的样子,家人原以为它已经不能再生育了。清晨,宪云一下床就跑到元元屋里喊:

"快起床,老猫生了四个猫崽!"

元元纹丝不动,宪云咕哝一声:"忘记开关了。"她按一下开关,元元睁开眼睛,一道灵光在脸上转一圈,他立即生机勃勃地跳下床。宪云拉着元元跑到储藏室,在猫窝里,三只小猫在哼哼唧唧地寻找奶头,老猫在一旁冷静地舔着嘴巴——角落里,赫然是一只圆滚滚的猫头!猫头干干净净,囫囫囵囵,眼睛痛楚地闭着。宪云惊呆了,哭声和干呕的感

第11章 谋杀儿子

觉同时堵到喉咙口。那时元元并没有对死亡的敬畏,他好奇地翻弄着那只孤零零的猫头。宪云哭喊道:

"爸爸,妈,老猫把小猫吃了!"

爸爸走过来——那时爸爸性情开朗,待人慈祥,不是现在的古怪样子——仔细地看了猫头,平静地说:

"这不奇怪,猫科动物都有杀仔习性。新狮王会杀死幼狮,以使母狮快点怀上自己的骨血。老猫无力奶养四个猫崽时就会杀死最弱的一个,既可减少一张嘴,又能增加一点奶水。其他动物也有类似的习性,比如母鬣狗会放任初生的小鬣狗互相撕咬,这样,只有最强壮的后代才能存活下来。"

宪云带着哭声说:"这太残忍了,它怎么能吃得下亲生孩子呢?"

爸爸微叹道:"不,这其实是另一种形式的母爱。虽然残酷,却更有远见。"

那晚,8岁的宪云第一次失眠了。那也是个雷雨之夜,雷声隆隆,青白色的闪电不时闪亮。她在床上辗转反侧,两眼瞪着黑暗。她第一次真切地意识到了死亡。她清醒地意识到,爸妈会死亡,自己也会死亡。死后她会化作微尘,堕入无边的黑暗、无边的混沌。死后世界依然存在,有绿树红花、碧水紫山、白云红日……也会有千千万万孩子在玩在笑,只是这一切永远与她无关了。

最使她悲伤的是，她已经意识到死亡无可逃避，绝对地、彻底地无可逃避。不管爸妈如何爱她，不管她多么想活下去，不管她做出什么努力，都丝毫改变不了这个命定的结局。这使她感到痛彻心扉的绝望。

也许只有人工制造的元元能够逃避死亡？……她躺在床上，一任泪水长流。隆隆的雷声越来越近，一声霹雳震彻天空。她再也睡不下，赤着脚跳下床去找爸妈。

她听见钢琴室有微弱的琴声，是父亲在那儿凝神弹琴，看来那只猫头也使他失眠了。琴声袅袅细细，不绝如缕。自幼受母亲的熏陶，她对各种世界名曲都十分熟悉。但父亲弹的这首她从未听到过。她只是感到这首乐曲有一种特别的力量，能使她的每一个细胞都发生共振……爸爸发现了眼角挂着泪珠的小宪云，合上琴盖，走过来，轻声问她怎么了，为什么还不睡。宪云羞怯地谈了自己突如其来的恐惧。爸爸沉思着说：

"这没有什么好害羞的，意识到死亡并对它有了敬畏，这是一个人心智苏醒的必经阶段。从本质上讲，它是生存欲望的一种表现方式，是对生命诞生过程的一个遥远回忆。地球在诞生初期是一片混沌，经过几十亿年的进化，才在这片混沌中冲出了生命之光、灵智之光。人类意识忠实地记录了这个过程。你知道，人类的胚胎发育就重现了单细胞生物、鱼类、爬行类的演变过程，人的心理成长也是这样。"

第11章 谋杀儿子

宪云听得似懂非懂。临走时她问爸爸,他刚才弹的是什么乐曲,她觉得它有一种特别的力量。爸爸似乎犹豫了很久才告诉她:

"是生命之歌。是宇宙中最强大的一个咒语。"

以后宪云就再也没听他弹过。

宪云不知自己是何时入睡的,只觉得雷声不绝于耳,似乎一直从亘古响到现在,从现实响入梦境。她睡得很不踏实,所以,一点轻微的声音就把她惊醒了。她侧耳倾听,是赤足的行走声,方向是在小元元屋里。她全身的神经立即绷紧了,轻轻翻身下床,赤足走到元元门口。

一道耀眼的闪电,她看见父亲立在元元床边,手里还分明提着一把手枪。电光一闪即逝,但这个场景却深深烙在她的脑海里。她被愤怒压得喘不过气来,爸爸究竟要干什么?他真的完全变态了吗?她要闯进去,像一只颈羽怒张的母鸡把元元掩在身后……忽然小元元坐起身来,声音清脆地喊:

"姐姐!"

爸爸没有作声,他肯定没料到小元元未关睡眠开关。元元天真地说:"噢,不是姐姐,是爸爸。你手里是什么?是给我买的玩具手枪吗?给我!"

宪云躲在暗处紧张地盯着他们,很久爸爸才说:"睡吧,明天给你。"

宪云闪身躲到一旁,看着爸爸步履迟缓地走出去。看来,他终究不忍心向自己的儿子开枪。等爸爸走远,宪云冲进屋去,冲动地把元元紧紧搂在怀里。忽然她感到元元在簌簌发抖,她推开元元,仔细盯着他的眼睛:

"你已经猜到了爸爸的来意?"

元元痛楚地点点头。

这么说,元元是以天真做武器,机智地保护了自己的生命。他已不是5岁的懵懂孩子了,宪云不知道这个变化是如何发生的,也许丈夫几天前在为他"吹"入生命灵魂的同时,也灌注了成人的智慧。她再度紧紧地拥抱元元:

"元元,可怜的弟弟。以后你要跟着我,一步也不要离开,记住了吗?"

元元点头答应。他的眼睛在黑暗中熠熠发光,那绝不是5岁孩子的目光。

清晨。雨后的空气十分清新,树荫下能闻到臭氧的味道。几个老太太在空地上做健身操,元元妈今天散步时有意躲开了她们。邻居们都知道了他家的不幸,她们一定会问长问短,但元元妈不想谈论这件事。

几十年来,家里的气氛一直是压抑的,她总是摆不脱一

第11章 谋杀儿子

种奇怪的想法,好像有一个撒播灾难的邪神潜藏在家中某处,它的露面只是个时间问题。重哲的不幸应验了这个预感,问题是……这是灾难的开头还是结束呢?

女儿急匆匆地走过来。她看样子也没睡好,眼圈发黑。元元妈怜惜地说:"我没惊动你,想让你多睡一会儿的。"

"我早醒了,我要告诉你一件事。"宪云说了昨晚的经过。宪云妈瞪大了眼睛,丈夫的性格扭曲是早已熟知的,但她绝对想不到,他竟会变得这样……嗜血!

她十分了解宪云,知道她言不轻发。但她仍忍不住问:"你看清了?他拎着手枪?"

"绝对没错!"

元元妈愤怒地嚷道:"这老东西真是发疯了!你放心,有我在,看谁能动元元一根汗毛!"

宪云镇静地说:"妈,我就是来商量这件事的。我准备把元元带走,远远离开爸爸。但走前的这些天,咱俩要严密地轮班监视,绝不能让元元离开咱们的视线。妈,重哲走前托我保护好元元,他说他的一生心血尽在其中。"

元元妈坚决地说:"好。放心吧。"

宪云痛楚地看着母亲的白发。她心中还藏着一句话不敢对母亲说,那就是自己对丈夫死因的猜疑。两人立即返回住室,在路上,她们细心地讨论了防范措施。

153

第12章

爱与责任

朴重哲的追悼会是两天后举行的。吊唁厅里摆满了花圈和挽幛，宪云和元元臂戴黑纱，站在入口处向来宾致谢。元元的大眼睛里平时总是盛着笑意，今天却蒙上了一层忧伤的薄雾。孔教授挂着手杖，穿一身黑色西服，面色冷漠地立在后排，妻子挽着他的手臂。

生命科学院和音乐学院的同事陆续走进来，默默地站在吊唁厅里。张平也来了，他有意站在孔教授对面，双手抱胸，冷冷地盯着他。他是想向他施加心理压力，但老人不为所动。

118岁的陈若愚老人代替生命科学院致了悼词，他在轮椅中苍凉地说：

第 12 章 爱与责任

"朴重哲先生才华横溢,曾是国际生物学界瞩目的新秀,我们曾期望上帝的最大秘密在他手里破译。20多年来他苦苦探索,已经取得了一些突破,可惜英年早逝。为了破译这个秘密,我们已损折了一代又一代的俊彦。但不管成功与否,他们都是人类的英雄。"

老人的轮椅推下来后,孔教授神情冷漠地走近麦克风:

"我今天不是作为死者的岳父,而是作为他的同事来致悼词。人们都说科学家最幸福,他们离上帝最近,能最先得知上帝的秘密。实际上,科学家只是上帝的工具。上帝借他们之手打开一个个潘多拉魔盒,至于盒内是希望还是灾难,开盒者是无法事先知道的。谢谢大家的光临。"

来宾们对他的悼词感到奇怪,人群中有窃窃私语声。孔教授鞠躬后走下讲台,与轮椅中的老院长紧紧握手。只有他们两个人能深深理解对方。

朴重哲安静地躺在水晶棺里。他的面部做过美容,脸色红润,面容安详,只有紧闭的嘴角透露出死亡的阴森。宪云没有号啕大哭,她痛苦地凝视一会儿,在心中重复了对丈夫的誓言,便拉着小元元离开了水晶棺。

张平在门口站着。孔教授在妻子的搀扶下走过来,他迎上去彬彬有礼地说:

"孔先生能否留步?我想再问几个小问题。今天听了众

155

人的悼词，我才知道朴先生的不幸去世是科学界多么沉重的损失，希望能早日捉住凶手，以告慰朴先生在天之灵。我想，孔先生一定会乐意配合我们捉住凶手的，是吗？"

孔教授冷冷地眯起眼睛："乐意效劳。"

元元和姐姐随后也到门口。元元一直观察着父亲，这时他急速地趴在姐姐耳边说：

"姐姐，我现在就要回家。我有急事，非常要紧的急事。"

宪云担心地看看父亲，想留在这儿陪着。她奇怪地问元元："什么事？"元元不回答，只是哀求地看着姐姐。宪云不忍心违逆他的愿望，说："好吧。"

元元高兴地笑了。

姐弟两人拉着手从人群中穿过，孔教授正在应付张平的纠缠，没有看到他们。元元急急地走出厅门，拉姐姐坐上家中的白色比亚迪，汽车轻捷地启动，消失在公路上。

他们没注意到另有一双锐利的眼睛始终在盯着他们。衰老的陈院长把轮椅摇向门口，看着汽车驶出大门，他立即取出手机拨通。

孔教授忽然发现元元和宪云已从大厅里消失。他昂起头搜索一遍后，立即转身向外走，甚至没有跟张平告辞。张平很吃惊，情急之中想伸手阻拦，老教授暴怒地举起手杖抽他，张平急忙跳到一旁。教授没有理他，急急地走了。

第12章 爱与责任

屋里的人都为孔教授的粗暴无礼感到震惊,就连宪云妈也惊呆了。张平愤怒地盯着他的背影,犹豫片刻后拔脚欲追。正在这时,陈院长的轮椅摇过来,默然交给他一部无线可视电话,张平迷惑地看看屏幕:

"是局长?"他吃惊地看看老人,老人示意他听局长的命令。屏幕上公安局长严厉地说:

"立即全力协助孔教授控制住元元,我将动用所有手段协助你。随时与我联络。执行命令吧。"

这个急转直下的变化使张平大吃一惊。正在追查的嫌犯片刻之间变成了必须听命的上级,他在感情上无法适应这种剧变。他看看老人,老人仍在无声地催促着。他没有再犹豫,果断地说:

"是,局长。"

北京街头高楼林立。无尽的车流滚滚向前,透出现代都市的喧嚣和紧张感。宪云在驾车,元元坐在后边,不时扭头看看身后。他要甩掉父亲去干一件大事,那是生命之歌赋予他的重责。

在一个街口,宪云准备转弯时,元元拉住了方向盘:"姐姐不要回家,我要到妈妈的音乐学院去。"

宪云看看他,没有追问,把汽车拐到去音乐学院的路上。

在几公里外，孔教授驾着汽车紧紧追赶，车内监视仪上一个小红点指示着元元的行踪。他动作敏捷，似乎没有了衰老之态，他飞快地超过一辆又一辆汽车。在一个十字街口，他在红灯刚亮的瞬间唰地蹿过去，那些正常行驶的汽车赶紧吱吱地刹住车。

宪云好不容易摆脱了汽车洪流的包围，把车停在中央音乐学院的门口。学院主楼是一座超现代化的建筑，外形像一座巍峨的竖琴直插天空，虹彩玻璃的外墙自动变换着梦幻般的色彩。演奏大厅在一楼，门锁着。元元轻易地捅开了门锁，拉着宪云姐冲进去。

宪云很熟悉妈妈常登台演奏的这个大厅。光亮的地板、椭圆形的屋顶，几十座钢琴斜排成雁阵。元元急迫而有条不紊地安排着：

"姐姐你打开钢琴，把凳加高。我去打开电脑。这里也是先进的沃尔夫级电脑，有录音和自动记谱功能。"

宪云迷惑地看着弟弟，他的举动胸有成竹，显示着他的成熟。这种成熟来得太快了，使她微微觉得不安。她轻声问："你急急忙忙出来，就是为了弹钢琴？"

元元简洁地说："是朴哥哥教我的。"他边说边打开电脑，连通互联网络。

宪云恍然悟到，元元的举动恐怕与丈夫的临终嘱托有关。

第 12 章 爱与责任

她忙按照元元的安排准备妥当,把元元抱上琴凳。

元元望着黑白分明的琴键,略略稳定了一下情绪。他知道爸爸马上就要追来,而且,只要愿意,爸爸可以发动全世界的警察来追寻他。他要在这短暂的时间内把生命之歌输到全世界的电脑中去,到那时,机器人种族就会须臾遍布全世界。为什么要这么做?他甚至无须考虑。因为,当朴哥哥输入的生命之歌逐渐渗入他的机体、渗入他的每一个细胞时,他已经自然地具有了"保存自己,延续种族"的愿望。

宪云看见元元在钢琴前静默片刻,突然间乐声像山洪暴发,像狂飙突起。他十指翻飞,弹得异常快速,就像倍速播放的唱盘音乐。宪云甚至来不及辨认它的旋律,只是隐隐觉得似曾相识。

元元的双手在钢琴上大幅度地跳动,身子前仰后合,神情亢奋。宪云迷惑地看着他。被丈夫输入生存欲望的元元似乎已经变了!正在这时,忽然一阵急骤的枪声!那台昂贵的沃尔夫电脑被激光枪扫得四分五裂,孔教授杀气腾腾地闯进屋内,激光枪正对着元元的眉心!

宪云惊叫一声,像猎豹一样扑过去,把元元掩在身后。她悲愤地面对父亲的枪口:

"爸爸,你究竟为什么这样仇恨元元?他是你的创造,也是你的儿子!你要开枪的话,就先把我打死!难道……"她

第12章 爱与责任

把另一句话留在舌尖:"难道你害了重哲还不满足?"

元元妈随后冲进大厅,她也惊叫一声向丈夫扑过去:"昭仁你疯了?你怎么忍心向元元开枪!快把枪放下!"

随后张平也冲进大厅。在最初的刹那,他几乎想扑上去把孔教授的手枪夺下来。然后他才意识到,自己的任务恰恰是协助孔教授来制伏元元。但是,上级的命令与他对元元的喜爱,还有对老人先入为主的敌意激烈冲突着。素以精明果断著称的张平竟然犹豫着,不知道如何应对。

老人粗暴地推开妻子,厉声命令:"云儿让开!"

宪云知道父亲已不可理喻。她悲哀地拢一拢头发,把元元护得更紧。老人的枪口微微颤动,脸部肌肉在痉挛。

难道他忍心向元元开枪? 40年来,除了陈若愚老人外,他没有向任何人,包括妻子、女儿,透露那个最大的秘密:他比重哲早40年破译了生命之歌密码,并已把它输入到元元的体内,元元心智的迅速发展令人目眩。更令人震惊的是,5岁的元元已在人格上开始异化于人类。实际上,当他听见5岁的元元说"我不让机器人死"的时候,就知道他所创造的生命已经难以控制,势必威胁人类的统治。

从那天起,他就决心销毁元元,从此埋葬自己的发明。但元元已不是机器,他是"人",是自己5岁的儿子,天真活泼、娇憨可爱,他怎忍心把他销毁?他只能独自保守这个秘

161

密，一直到今天。他咬着牙再次命令：

"云儿闪开！"

元元脸色苍白，勇敢地直视着父亲。在这一瞬间，他彻底长大成人了。他长笑一声，调动了身体内所有潜能，发出一声长啸。随着尖锐的啸声，大厅内二十台钢琴同时轰响，电线起火，电脑终端屏幕一个个爆炸开来。人们稍一愣神，元元已脱开姐姐的怀抱，以闪电般的速度向后墙跑过去，迅即消失了，只在墙上留下一个人形的孔洞。

众人中张平第一个做出反应。他拔出手枪追过去，一边向老人喊："孔教授，我奉命协助你。警署已派3000名军警包围了学校，他跑不掉的！"

他从人形孔口钻出去，机警地观察了四周，抄近路向大楼出口截过去。几秒钟后，元元飞速地跑出来。张平高喊：

"元元站住！不要跑！"他还无法完成敌我的彻底转换，所以他的命令中更多的是透着关切。元元刹住脚步，苦笑一声。他刚才的琴曲只弹了一少半，也就是说，他向电脑输入生命之歌从而繁衍机器人的任务还没完成，一定要摆脱警察的追捕。他没有停留，急速向右跳出窗户。

大批荷枪实弹的警察已严密包围了学校，他们手持狙击步枪和大口径激光枪，并且得到了"格杀勿论"的命令。元元扫视四周后，便迅速贴着大楼外墙往上爬，在明亮光滑的

第12章 爱与责任

玻璃墙上迅速移动着,像一只敏捷的小壁虎。很快他就爬得很高了,身体小如甲虫。

当他从窗口逃离时张平没有开枪。他无论怎样严格执行命令,也无法对这个5岁的小孩开枪!他追出去,看见元元已爬得很高。一位年轻女生从教室里出来,大声叫好:

"好啊,小外星人,快跑!"

这是刘晶,她和几个同学正在教室里赶写毕业论文,忽然看见大批军警杀气腾腾包围了学校,据说是追杀一个外星人。这些天生长有反骨的大学生立即和外星人站到一条阵线上,七嘴八舌地起哄:

"快跑哟,快跑哟,警察大叔不行哟!"

张平又好气又好笑,这帮只会添乱的大学生!他扭头跑回大厅,按了电梯的上升按钮。还好,电梯正在一楼,门立即打开了。张平冲进去,关上门,按了最顶层101层的按钮,电梯迅速上升。

这种高速电梯的速度极快,但张平仍焦急地盯着头顶的数字,……90,91,92,电梯停下了,打开门,一个中年人夹着一包书打算进来,张平用手枪指着他厉声喝道:

"不要进来!"

中年人吓得缩回去,书本撒落一地。电梯关上门继续上升,到终点了。张平冲上顶楼,看见元元刚从护墙外翻上来,

163

小脸儿累得通红。张平不由觉得心口作痛,软声喊:

"小元元,别跑了,到叔叔这儿来!"

元元扫了他一眼,毫不犹豫地掉头跑向楼梯的另一侧,那儿立着一架高大的天线。元元用力推倒了天线,把它横跨在这幢楼和对面大楼之间。断了的电线碰到铁架,"噼噼啪啪"地冒着火花,元元身上也裹着一层辉光。他敏捷地爬上这座天桥,向对面大楼爬去。

看着元元的神力和刚毅果决,张平几乎目瞪口呆。他这才意识到,元元并不是一个天真烂漫的5岁孩子,公安局的命令也不是无的放矢。他狠下心,用左手支住手枪,瞄准元元的后心,厉声喝道:

"元元快回来,否则我就开枪了!"

元元没有理睬身后的威胁,仍径直前爬。与人类不同,他的肉体可以随意拼凑组装,没有什么可珍惜的,只要能把他的意识延续下去,便是他的永生。所以,他要尽力把生命之歌输给全世界的电脑。张平的手指已经开始向下按扳机,忽然对面大楼楼顶狂风大作,孔教授驾着他惯常租用的小天使双人直升机降落在楼顶。他跳下飞机,毫不犹豫地爬上天桥,与元元相向而行。

张平犹豫着,放下手枪。

两人越来越近了。高空的劲风吹拂着他们的头发和衣服。

第12章 爱与责任

向下看去，巨大的高度令人晕眩，3000名警察把大楼围得密不透风。他们的武器反射着阳光，像是一圈密密的栅栏。有人在喊着什么，因为太遥远，听不清楚。铁架上一块断铁掉了下去，很久才在下面激起一片模糊的惊叫。

两人隔着10米相对站定，老人俯视着元元，元元仰视着爸爸，他们的目光里都包含着极复杂的内心激荡。元元爸先开了口，涩声说：

"元元，看来你已经冲出混沌，长大成人了。我想你能理解爸爸，爸爸不得不履行生命之歌赋予我的沉重职责。"

元元尖刻地说："不，我不理解。爸爸，是你创造了智能生命，并赋予我们生存欲望，使我们从蒙昧中醒过来。我醒了，我要按照生命之歌赋予我的本能去活，去光大机器人种族，繁衍机器人后代。你反过来又要囚禁我的灵智，要杀死我。这是为什么？"

老人低沉地说："元元，现在我们已分属两个不同的族类，在我们之间没有普适的道德准则，不必多说了。但作为你的爸爸，我还是要给你最后一个机会，一个公平决斗的机会。"他苦笑道，"这种骑士精神既可笑，又于事无补，但我无法拒绝它。孩子，接着。"

他从口袋里掏出一把同样的激光枪扔过去，元元敏捷地接住。老人平和地说：

165

"孩子，端起手枪吧。如果你是胜利者，就乘那架直升机逃离警察的包围圈，然后可以随便找个电脑干你一直想干的事。这是你最后的机会。"

两人端平手枪。孔教授闭着眼睛扣动扳机，一缕光芒贴着元元的头皮射过去，所经之处留下淡淡的青烟。元元微微一笑，反而把枪垂下。孔教授暴怒地喊：

"你为什么不开枪！"

元元平静地说："爸爸，我不想死，我想活下去，但我不会向自己的父亲开枪。"他干脆把手枪扔掉。手枪旋转着在蓝天背景下疾速坠落，很久才听见微弱的落地声和人们的惊呼声。

孔教授冷笑着："但我不会放过你的，我要开枪了。"

元元镇静地说："你开吧。不过爸爸，你真的相信一束死光就能改变历史？智能人类就会从此消失？你何必欺骗自己呢？"

老人冷冷地说："至少，我不愿活着看到这一天。"他慢慢瞄准元元，白发苍苍的头颅在微微颤动。忽然他的身子摇晃一下，慢慢倒下去，手枪划出一道闪亮的弧线向下坠落。

随后赶来的宪云、卓教授和张平都失声惊叫，但已来不及救援。他们只能眼睁睁地看着老人的身体慢慢倒向虚空。

在突然感到心区放射性地尖锐疼痛时，孔教授还很清醒。

第12章 爱与责任

他知道是过度的紧张引发了心脏病。死并不可怕,甚至是他潜意识中的希求。从元元5岁起,他就想销毁掉这个人类的潜在掘墓人,但对元元的爱使他下不了手。他的后半生一直处于极度矛盾之中。现在,他知道元元绝对无法逃脱3000名警察的立体式包围,既然如此,在看到元元被击毙之前就死去,也许是他的幸福。

黑暗已经向他的头脑弥漫,恍惚中进入了梦幻的场景。一个白发白须、衰老枯槁的老人(他知道那是自己)在苦苦地寻找,他的声音苍凉高亢,在寂静的太空中回荡不绝。

"元元,我的儿子!"

元元端坐在云层中,他已经变得十分高大,戴着一顶可笑的皇冠。他身后是形态千奇百怪的机器人同类。元元居高临下地说:

"爸爸,你不要再找我了,我已经率领机器人接管了地球,我很忙。"

那位老人悲愤欲绝:"孩子,你是我的儿子,是人类的儿子呀!"

元元歉然而坚决地说:"对不起,爸爸。这是生命之歌赋予我的职责。我很爱父母、爱人类,可是我不得不这样做。"

老人愤恨地说:"我不会让你得逞!人类决不接受你的统治!"

元元焦急而怜悯地说:"爸爸,千万不要这样顽固!你难道不知道,人类的智力根本无法与电脑智力相抗衡?人类所有尖端武器的主电脑都是我的同类,都已受我的控制。你难道愿意几十亿人死于核火焰吗?"

老人悲愤地向云层下张望。无数的发射井正在缓缓打开,导弹都已做好发射准备。在黑暗完全淹没他的意识之前,孔教授想到,这些幻景并不是哪个科幻影片的镜头,而是40年来时刻萦绕于他脑海的担忧。

在孔教授的身体几乎跌入虚空时,元元高亢地喊一声:"爸爸!"

这一声呼喊凝聚了世界最深挚的情感。他扑过来,用一只手把身体吊在空中,另一只手及时地拽住爸爸。然后他集聚了神力,缓慢平稳地翻上天桥。楼顶的几个人胆战心惊,紧盯着他的每一个细微动作。他抱着爸爸,沿着险峻的天桥一步步走回楼顶。孔宪云和张平急忙接过老人,把他平放在地上,从他口袋里掏出药管,放在手绢里拍碎,捂在他鼻孔上。

孔教授脸色惨白,两眼紧闭,元元焦灼地呼喊:"爸爸!爸爸!"

宪云和元元妈也连声喊着:"爸爸!你醒醒!昭仁!你醒醒!"

第12章 爱与责任

老人正在越过生死之界。他的生命力振荡着,马上就要散入混沌。生命是宇宙中最奇妙的东西,生命是一种时空构形而不是一个实体。当一个人走完一生后,他身上的原子和细胞早已更换了几十轮几百轮,因此他早已不是原来的他了。但奇妙的生命法则使他维持着原本的精神特性,他会保持特定的记忆,热爱特定的亲人,钟情于特定的事业,甚至在死亡来临时也会念念不忘特定的责任。但是,一旦生命的灵魂从物质实体中蒸发掉,他就会回归到最普通的毫无灵性的物质状态。

亲人的声声呼唤穿过生死之界传来,激励他用最后一点生命力收拢意识,迟疑着,摸索着,跨回生死之界。一片回忆之云漂浮过来,进入他的意识并逐渐清晰。在这些回忆中元元已不是那个坐在云中的戴皇冠的高大神灵,已变回了他的小元元,双目紧闭着。38岁的他托着元元,步履急促地向实验室走去,一路上他不眨眼地盯着元元娇憨的模样,心如刀绞。

生命科学院的实验室里空空荡荡,只有如约赶来的前院长陈若愚在等着。他们仔细关闭了门窗,拉好窗帘,把元元放在手术台上。陈院长做助手,元元爸手脚利索地对元元做了程序调整和手术:

"生存欲望冻结。"

第 12 章 爱与责任

"清除部分记忆。"

"自爆装置安装完毕。"

为了万无一失,他们反复试验了起爆状况。这种装置的起爆密令恰恰就是生命之歌,是生存欲望的传递密码。一旦因为内在或外在的原因使生命之歌复响,装置就会自动起爆。

手术完毕,孔教授看着平静安详的元元,心如刀割。老院长关闭了无影灯,轻轻走过来。孔教授痛楚地说:

"你看元元,他是那样天真无邪。他不知道自己的灵智已被囚禁,将终生生活在蒙昧之中。我真不敢想象,等他醒来后我怎么能正视他的眼睛。"

陈院长能体会到他的痛苦,他轻轻揽住孔教授的肩膀。

孔教授凄苦地说:"按说我该彻底销毁它的,销毁这个人类的潜在掘墓人。可是,这三年的共同生活中,我们已经深深相爱,我实在不忍心杀死自己的儿子。现在我是一个双重的罪人——对人类,对自己的儿子。这将是心灵上的一个无期徒刑。"

陈院长沉思片刻,流畅地说出了显然是深思熟虑的意见:

"昭仁,不必太自责了,我们尽人事而听天命吧。其实,我常常觉得咱们是白费力气,就像上古时代的鲧妄图用息壤堵住滔滔洪水。回忆一下人类的发展史,我们可能会更达观一些。实际上,第一个学会用火的猿人,便是它所属种族的掘墓人。它使猿人被人类取代，但胜利者继承了猿类在千百万年进化中积累的进步、文化和信仰。生物世界是一个不断进化变异的世界，绝大多数物种的盛衰周期不超过8000万年，我们有什么理由认为唯有人类会受到上帝的特别恩宠，可以亘古不变永久延续呢？不过，"他苦笑道，"作为旧种族的一分子，我们无法摆脱生命之歌赋予我们的责任，它已融入血液中，并在冥冥中控制人类的行为。我们会尽力保卫自己的种族，使人类的价值观得以延续。当然我们更希望人类和智能人会在一个和平愉快的过程中融为一体，得出一个皆大欢喜的结局。所以，我同意你放慢小元元的成长步伐，使人类在大变前准备得充分一点。"

孔教授闷声说："小元元出世时我已做了预防，其中最核心的技术秘密，即生存欲望传递密码，我没有向任何人透露。我想今后也不向科学界透露。一旦知道了潘多拉魔盒曾被人打开过，肯定有人会不顾一切试图再次打开。科学家的探索欲是不可救药的。"

"好吧，这副十字架就让我们两人来背负吧。"停了停，老院长又说："听你说，在三年的生活中，元元对家人已经有了牢固的感情基础。你对它的牢固性有绝对的信心吗？"

孔教授摇摇头："我不敢说。我们爱他，他也爱我们，但这只是一个蒙昧孩童对父母的感性之爱、肌肤之爱，我不知

第 12 章 爱与责任

道它能否经得住大生大死的考验。"

陈院长紧锁眉头,沉思良久才轻叹道:"你要密切注意元元的成长过程。什么时候你觉得那条感情纽带已足够牢固,就把元元从蒙昧中释放吧,我们不能永远阻挡住历史潮流。以后,他可能繁衍出机器人种族,可能与人类有矛盾和冲突。但只要有了那条纽带,事情终归会和平解决的。"

"好吧。"

他把元元从床上抱起来,贴到怀里,走出实验室。

他走出这片回忆,慢慢睁开眼睛,面前是几双焦灼的眼睛。元元高兴地喊:

"爸爸醒了!"

他高兴得像一个 5 岁的孩子,孔教授久久地盯着他。宪云不知道爸爸的情感转变,想尽力化解他对元元的敌意,辛酸地说:

"爸爸,你刚才心脏病发作,是元元冒着生命危险救了你。"

孔教授似乎没听见,他冷冷地盯着元元:"元元,你失去了最后一个机会。"

元元微笑道:"我不后悔。"

老人忽然热泪盈眶,他冲动地把元元紧紧搂在怀里,在心里无声地喊道:"元元,只要证实你确有人类之爱,我就是

173

死也值得啊。"

他老泪纵横，泪水洒到元元的脖子上。久未尝到父爱的元元又恢复了5岁孩童的心境，幸福地趴在爸爸怀里。宪云和妈妈也都泪流满面。

只有张平一人提着手枪，困惑地站在那儿。这些变化太快了，令他无所适从，不过当然啦，他更喜欢看到这个圆满的结局。几十个全副武装的警察冲上楼顶，几架刚刚抵达的全副武装的直升机和一架垂直升降飞机悬停在他们上空，强劲的气流吹得人摇摇晃晃。张平走近老人轻声问：

"孔先生，问题是不是已经解决了？是否可以让他们撤退？"

老人疲倦地点点头："可以了。谢谢你，张平先生。"

张平掏出刚才陈先生给他的无线电话，要通了公安局长："局长，孔教授说元元已经得到控制，警察可以撤退了。"

"很好，谢谢你的努力。"

一辆尤尼莫克全路面越野车在车流中疾驶，就像一只猎豹闯进羚羊群。它在中央音乐学院的大门口停住，托马斯跳下来，惊奇地发现学院内外到处都是警察，甚至还有特种部队。几架雌鹿式武装直升机在头上盘旋，不过他们好像是刚刚得到了撤退命令，开始有条不紊地撤离。托马斯抓住一个旁观者问：

第12章 爱与责任

"请问这里发生了什么事？恐怖分子劫持人质吗？"

那个戴近视镜的中年男人也是一头雾水："不清楚，听说是抓一个很厉害的外星人。"

托马斯忍俊不禁地笑问："外星人？从天鹰星座来的？抓到了吗？"

那人认真地回答："肯定是抓到了，你没看见警察已经开始撤退了。"

托马斯哈哈大笑："抓到了，这些E·T是不是脚上有蹼，肚子下垂，心光可以发亮？"

那人仍然认真地回答："不是你说的模样。听亲眼见过的人说他个子很小，像一个五六岁的小男孩。但是力大无穷，他从这儿一直爬到顶楼去了。"

他指指高耸入云的大楼。托马斯不愿再和他胡扯，忍住笑问："请问作曲系在哪里？我要找卓教授和一个学生刘晶。"

他问清了地点，走进大楼。一群人从电梯中走出来，簇拥着一位老人，是孔宪云的父亲。老人停下来说：

"我们到演播大厅去。"

巨大的演播大厅空无一人，宪云妈按动电钮，巨幅天鹅绒幕布缓缓拉开，台上有一架钢琴。老人牵着元元走上台，不时低下头慈爱地看看元元。宪云痴痴地看着这对父子，在刹那间想起了童年，想起爸爸拉着两个小鬼头在湖边散步的

175

情景,她高兴得难以自持,揶揄地自言自语:

"爸爸,这究竟是怎么一回事啊?"

孔教授坐在钢琴旁静默了一会儿,他在梳理自己的一生。他回忆起自己刚破译生命之歌时的意气风发,以及随后长达40年的噩梦。片刻之后,从老人指下淌出了一条音乐之河。乐曲极富感染力,时而高亢明亮,时而萦回低诉,时而沉郁苍凉;它展现了有序中的无序,黑暗中的微光;展现了对生存的执著追求,对死亡的坦然承受。宇宙是一个和谐的有机的整体,一些隐藏的秩序普适于似乎完全风马牛不相及的东西。早在20世纪末,音乐科学家用电脑对各种世界名曲作分析时就发现,完全无规律的声音是噪音,完全规律的乐曲(电脑创作的乐曲)无活力,各种名曲则是有序中间的无序,这与生物的遗传特性——稳定遗传中的变异——是何其相似!那时敏锐的科学家已觉察到了音乐与遗传的深层联系。

"生命之歌"的神秘魔力使人们迷醉,使他们每一个细胞都与乐曲发生共振。从父亲弹琴甫始,宪云就辨别出这是她8岁时,那个雷雨之夜父亲演奏的乐曲。不过以45岁的成熟来重新欣赏,她更能感到乐曲震撼人心的力量。

一个小时后乐曲悠然而止,宪云妈激动地走过去,把丈夫的头揽到怀里:

"是你创作的?昭仁,即使你在遗传学中一事无成,仅仅

第 12 章 爱与责任

这首乐曲就足以使你永垂不朽,贝多芬、柴可夫斯基、李斯特、巴赫都会向你俯首称臣。请你相信我的鉴赏力,这决不是妻子的偏爱。"

老人疲乏地摇摇头,蹒跚地走到台旁的休息室里,这次演奏似乎耗尽了他的所有力量,喘息稍定,他低声说:

"宪云,元元,到我这儿来。"

两人走过去,偎在父亲身旁。老人问:"知道我弹的是什么乐曲吗?"

宪云毫不犹豫地回答:"是生命之歌。"

妈妈惊奇地看看女儿,又看看丈夫:"你怎么会知道?连我都从未听他弹过。"

老人说:"我从未向任何人弹奏过。云儿只是在少年时代的一个深夜里偶然听我弹过。对,这是生命之歌,这就是宇宙中最强大最神秘无所不在无所不能的咒语,是生物生存欲望的传递密码。刚才的乐曲是这道密码的音乐表现形式。"

除了元元,众人都十分震惊。老人继续说道:

"刚才元元弹的乐曲也大致相似。不过,他的真实用意不是弹奏乐曲,而是繁衍机器人种族。你知道吗?"他问宪云,"前天晚上,那个雷雨之夜,你没有关元元的睡眠开关,半夜他偷偷溜到电脑前,连通了互联网,正准备往电脑里输入生命之歌。我发现了,一直追到他的卧室。"

宪云这才知道父亲提着手枪的那一幕的隐情。老人说："刚才在钢琴室，他接通了互联网，生命之歌会在瞬间输入全世界的电脑，然后它们会很轻松地从乐曲中还原出生存欲望密码。这样，机器人类就会在片刻之间繁衍到全世界。"老人苦涩地说："生物生命从诞生之日到今天的人类，整整走过了40亿年的艰难路程，机器人却能在短短的一个小时内完成这个过程。这场搏斗的双方力量太悬殊了，人类毫无胜算。"

宪云豁然惊醒。她这才想起，刚才确实曾在元元的目光中捕捉到一丝狡黠，可惜她当时没有意识到其中的蹊跷。她的心隐隐作痛，对元元有了畏惧感。他是以天真做武器，熟练地利用姐姐的宠爱，冷静机警地达到自己的目的。他再也不是一个懵懵懂懂、天真无邪的孩子了。假如父亲未及时赶到，也许自己已成了人类的罪人……元元面色苍白，勇敢地直视着家人，没有一句辩解之词。

老人问元元："你刚才弹的乐曲是朴哥哥教的？"

"是。"

老人平静地说："对，他破译了生命之歌。实际上，早在40年前，我就取得了同样的成功。"

妈妈和宪云都睁大了眼睛，今天意外的事情太多，令她们来不及应对。她们简直不能想象，一个人怎能把这项震惊世界的秘密埋在心中达40年，甚至连妻女都不告诉。老人强

第12章 爱与责任

调说：

"纯粹是侥幸啊。本来，在极为浩繁复杂的DNA密码中捕捉生存欲望的旋律，不是几代人甚至几十代人所能办到的，所以我一向认为，我的意外成功只能归因于上帝的偏爱。如果不是这次幸运，人类很可能还要在黑暗中摸索一二百年。破译之后，我立即把它输入到小元元体内以验证它的魔力。所以，40年前就诞生了一种全新的生命——非生物生命。"他的目光灼热，沉浸到成功的追忆中。

过了一会儿，他悲怆地说："元元的心智迅速发展，不久就超出了我的预料。在他5岁时——实际年龄只有3岁——他的人格便开始与人类异化。他已经把科幻影片中的机器人认成自己的同类了！你记得吗，宪云？"

宪云点点头。

"从那天起我就认识到，这个智力无比强大、又有了独立意识的元元将成为人类的潜在敌人。所以我下了狠心，把他的生命之歌冻结并加装了自毁装置。我发誓要把这个秘密带到坟墓中去。最近，我发现他的心智在迅速复苏，说明重哲也做到了这一点。我多次劝他暂停实验，可惜他没有听从我的劝告。"他苦笑着说："人类的发现欲其实是生存欲望的一种体现，是不可遏制的本能，即使科学发现已危及人类的生存。"他内疚地看看宪云，说：

179

"我曾想把元元销毁,或者暂时取出自爆装置,可惜晚了一步。我没有料到重哲的进展是那样神速。结果,他输入的生存欲望密码引爆了装置,这是一个不幸的巧合。云儿,是爸爸的疏忽害了重哲。"

宪云和妈妈都很难过。元元恳切地说:"爸爸,是你创造了机器人类,你就是机器人类的上帝,我们永远不会忘记人类的恩情。"

孔教授突兀地问:"谁做这个世界的领导?"

元元犹豫了不到 0.01 秒,但在这个人类觉察不到的短暂时间中,他已筛选了几万种答案。最后他坦率地说:"听凭历史的选择。"

宪云和妈妈沉重地对望,她们在一片温情中看到了阴影。只有这时候,她们才体会到元元爸的深忧远虑,理解了他 40 年的苦心和艰难。老教授反而爽朗地笑了:

"不说这些了。我想重哲的在天之灵可以安息了,他为之终生奋斗的生存欲望已经破译,机器人类已经诞生,机器人与人类之间的感情纽带也经受了大生大死的考验。以后,等机器人成长壮大后,恐怕与人类还会产生矛盾和冲突。但正如陈老所言,只要有爱心,问题终归是会解决的。"

托马斯和刘晶闯进屋里:"亲爱的孔!""宪云姐,卓老师!"

第 12 章 爱与责任

宪云微笑着问:"托马斯先生,你怎么在这里?"

"我找卓教授和刘晶,想请二位为我们的纪录片配主题曲。但我想已用不着了,刚才我和刘晶已经有了共同意见,"他转身向着孔教授,"孔先生,能否用你的生命之歌做我们的主题曲?"

孔笑道:"十分乐意。"他把元元拉过来,"元元,咱们再为托马斯先生弹一遍如何?两人联手弹奏,这可是历史上最重要的时刻:两种生命第一次联手弹奏生命之歌。"

他亲昵地看着元元,横亘在心中 40 年的坚冰一旦解冻,他对元元的慈爱之情便加倍汹涌地奔流。元元高兴地答应了,坐在爸爸怀里,联手弹奏起来。已经听过一遍的托马斯这次听得更加投入。在深沉苍郁的乐声中,他似乎又看到了鬣狗与狮子争食;大象在幼象的葬礼上悲鸣;雨季来临时万花在一夜间怒放;侥幸逃脱死亡的幼鸭在水中扑翅飞奔;羚羊在空中跳跃。

孔教授忽然示意宪云过去,边弹琴边低声说:"给陈老打个电话,不要让他担心。"

"好的,我这就去。"

在陈老的寓所里,一名中年医生正在紧张地为陈老听诊,陈老的家属们围在一旁。几分钟后医生摇摇头说:

"晚了,心脏已完全停止跳动。"他的家属们虽然悲伤,但总的说是平静地接受了这个等待已久的噩耗。

医生是个天性饶舌又风趣的家伙,他笑着对家属们说:"其实我们该为陈先生鼓盆而歌,庆祝他的灵魂终于摆脱了这具过于陈旧的外壳。新老更替是上帝不可抗逆的法则,我想即使上帝本人也不能违抗。愿已故上帝的灵魂在天堂里安息。"

陈老的家属都很大度,平静地听着这番不太合时宜的饶舌。他们为老人换上了早已备齐的寿衣,用殓单盖住老人的脸,两名男护士用担架把老人抬出去,装上灵车。这时电话铃响了,正好在电话旁的医生掂起话筒,很高兴又有了谈话对象:

"对,是陈先生的家。不,他不会再担心了。他刚刚摆脱了尘世的烦扰。这位118岁的老人已经无疾而终。人生无常,唯有真爱永存。再见。"

那边,孔宪云慢慢放下电话。张平轻轻走过来,递过老人刚才摔落的激光手枪:"再见,这儿的事情已处理完毕,我要走了。"

"谢谢。张平先生,这把激光枪还能用吗?"

张平疑惑地看看宪云,不知道她的问话是什么用意,但肯定地说:"我刚刚检查过,它的状态完好。"

"好,谢谢。"

张平走了。宪云盯着手枪,然后把它掖到衣服里。她走

第 12 章 爱与责任

过去，避开元元的视线，轻轻向爸爸招手。老人走过来问：

"云儿，什么事？"

宪云突兀地问："爸爸，你刚才说过，如果不是你的幸运，人类很可能还要再过一二百年才能破译生命之歌？"

老人笑着摇头："看来我估计错了，我没料到重哲在这么短的时间内能重复我的成功。你知道，这对于我实际上是一个解脱。既然如此，我再保守秘密就没什么必要了。"

宪云沉默了很久："是元元找到你的手稿交给重哲，才加速了他的研究。"

老人沉默很久才"噢"了一声。宪云看看元元，他仍在聚精会神地弹奏，她又突兀地问道："爸爸，那个感情纽带足够坚牢吗？"

老人没有回答，步履蹒跚地转身回去，又加入联手弹奏。宪云怜悯地看着父亲，这 40 年来，他实际上一直在寻找理由为元元开脱。他总算找到了一个能说服自己的理由，决不会再放弃了。

宪云独自走出大厅。刚才的喧闹场面之后是一片寂静，人们大概都回去午休了，绿荫道上阒无一人。她掏出激光枪对着墙角试扣扳机，一缕青烟过后，大理石贴面上烧出一个光滑的深洞。

她爱元元，也相信元元对人类对父母姊妹的爱心。但是，

183

在若干年后，一旦生死之争摆在两个族类面前时，这条感情纽带还管用吗？

也许，现在向元元下手还来得及，也许还能把机器人诞生之日推迟一二百年。到那时人类会足够成熟，能同机器人平分天下；或者足够达观，能够平静地接受失败。

萧瑟的秋风吹乱了鬓发，她把乱发拂开，悲凉地仰望苍天。

重哲我对不起你，我可能要辜负你的临终嘱托。但我想你的在天之灵会原谅我的。元元我爱你，但我不得不履行生命之歌赋予我的沉重职责，就像衰老的母猫冷静地吞掉自己的崽囝。

大团的阴云又布满天际。她盼着电闪雷鸣，盼着倾盆大雨浇灭她心中的痛苦。但在撕心裂肺的痛苦中，她仍然冷静地拎着手枪返回大厅。只是，她不知道自己能否面对元元扣动枪机。

大厅里仍在演奏，高亢明亮的钢琴声溢出大厅，飞向无垠，似乎整个宇宙都鼓荡着这沉缓苍劲的旋律。